Anonymous

# Graf von Gabalis, oder, Gespräche über die verborgenen Wissenschaften

Anonymous

**Graf von Gabalis, oder, Gespräche über die verborgenen Wissenschaften**

ISBN/EAN: 9783744613835

Hergestellt in Europa, USA, Kanada, Australien, Japan

Cover: Foto ©Andreas Hilbeck / pixelio.de

Weitere Bücher finden Sie auf **www.hansebooks.com**

# Graf von Gabalis

oder

## Gespräche

über die

## verborgenen Wissenschaften.

Aus dem Französischen.

Quod tanto impendio absconditur, etiam solum-
modo demonstrare, destruere est.

*Tertull.*

Berlin,
bey Friedrich Maurer 1782.

Der Verfaſſer dieſer Blätter, die bey ih=
rer Erſcheinung Aufſehn erregten, und ißt
eine Seltenheit der Bibliotheken machen, iſt
der Abbé de Villars. Er ſchrieb ſie im An=
fange des jezigen Jahrhunderts zu Paris.
Die Ausgabe, nach der dieſe Ueberſezung ver=
anſtaltet worden, iſt ſchon keine mehr der er=
ſten, und im Jahre 1715 zu Amſterdam ge=
drukt. Von eben dieſem Jahre und Druk=
ort iſt eine gewiſſe Suite du Comte de Gabalis, touchant la nouvelle philosophie, Ou-
vrage posthume, der man aber die Nachah=
mungsſucht in ihrer ganzen Schwäche, bey
den erſten Zeilen abmerkt, und welche ſich
blos damit beſchäftigt, die Moralität der Car=
teſianiſchen Phyſik anzugreifen. Noch ein
Buch unter dem Titel: les Genies assistans

et Gnomes irreconciliables, ou Suite au Comte de Gabalis, Haye, 1718, ist so ammenhaft zwecklos und so ammenlos unzusammenhängend, daß selbst die eiserne Geduld eines Uebersezers unter seiner Durchlesung erlag, und ihm die Lust verging, das übrige Heer der Nachahmer zu erkunden. Auch war mit dem was er that, seine Absicht genugsam erfüllt; denn diese wenige Bogen sind hinreichend, uns einen deutschen Gabalis, einen treffenden zwekmässigen meyn' ich, zu erwerben, wenn sie zur glüklichen Stunde den Gedanken dazu bey einem Manne rege machen, dem nicht blos sein Vaterland das Verdienst zugesteht, die Natur aller Dinge und den Geist und die Sitten des Menschen gleich scharf beobachtet zu haben. Es ist wahr, seine Bemühungen im lezteren Fall sind nicht überall mit Dank aufgenommen, aber wer das Herz so gut kennt als er, der erwartet Besserung und Erkentlichkeit nie zugleich.

———————

Vor

Vor Gott sey die Seele des Herrn Grafen von Gabalis, man schreibt mir er sey an einem Schlagfluß gestorben. Die Liebhaber verborge=ner Wissenschaften werden freylich sagen, diese Art Todes treffe die gewöhnlich, welche die Ge=heimnisse der Weisen veruntreuen. Der selige Raymundus Lullius habe in seinem lezten Wil=len diesen Ausspruch gefällt, und seitdem säume der Engel der Rache nie, denen plötzlich den Hals umzudrehen, welche unbedachtsam die My=sterien der Weisen offenbaren. Aber sie sollten diesen gelehrten Mann nicht so leichtlich verdam=men, ohne von seinem Betragen hinlänglich un=terrichtet zu seyn. Es ist wahr, er hat mir al=les entdekt: aber mit der allerstrengsten cabali=stischen Vorsicht. Dieses Zeugnis bin ich sei=nem Gedächtnis schuldig, er war ein grosser Ei=ferer für den Glauben seiner Väter der Weisen,

und

und hätte vielmehr den Feuertod erduldet, als
seine Heiligkeit durch Offenbarung gegen einen
unwürdigen Fürsten, einen Ehrgeizigen, oder
einen Unenthaltsamen entweiht. Denn diese
drey Arten Leute sind von jeher aus der Gemeinschaft der Weisen verbannt. Glüklicherweise bin
ich kein Fürst, wenig ehrzeizig, und wie man in
der Folge sehn wird, sogar etwas keuscher als
der Weise bedarf. Meinen Geist fand er gelehrig, eindringend, und nicht leicht erschüttert;
etwas Schwermuth fehlte mir nur, um alle die
welche den Herrn Grafen von Gabalis tadeln
wollen, daß er mir nichts verschwiegen, zum
Geständnis zu bringen: ich sey geschikt genug, den
verborgenen Wissenschaften näher geführt zu
werden. Freylich ohne Schwermuth kann man
keine grossen Schritte darin machen, aber das
wenige was ich davon besaß, schrekt' ihn bey
weitem nicht ab. Sie haben, sagt' er mir hun-
dertmal, den Saturn im Winkel, im Hause und
Rükgang; sie können nicht umhin, dereinst so
schwermütig zu seyn, als es der Weise seyn
muß; denn der weiseste aller Menschen, wie wir
aus der Cabala wissen, hatte wie Sie, den Jupiter

ter in aufsteigender Linie; doch findet man nicht,
daß er ein einzigesmal in seinem Leben gelacht
hätte, so mächtig war der Einfluß seines Saturn,
obwol er viel schwächer als der ihrige war.

Also meine Herren Philosophen, haltet euch
an meinen Saturn, und nicht an den Herrn
Grafen von Gabalis, wenn ich eure Geheimnisse
lieber unter das Volk bringen als ausüben will.
Was kann der Graf dafür, daß die Gestirne ih=
re Schuldigkeit nicht verrichten? Ich habe
nicht Grösse der Seele genug, die Herrschaft
über die Natur zu versuchen, die Elemente um=
zukehren, mich mit höheren Wesen zu unterhal=
ten, Teufeln zu befehlen, Riesen zu erzeugen,
neue Welten zu erschaffen, Gott auf seinem
fürchterlichen Stuhl anzureden, und den Che=
rub, welcher den Eingang des irdischen Paradi=
ses bewacht, zu nöthigen, daß er mich in seinen
Spaziergängen lustwandeln lasse: aber ich al=
lein bin deshalb zu tadeln oder zu beklagen;
nicht muß man darum das Gedächtnis des auf=
serordentlichen Mannes lästern, und sagen er
sey gestorben, weil er mich alles dies gelehrt hat.
Das Schiksal der Waffen ist ungleich, kann er

nicht

nicht im Gefecht gegen einen eigenfinnigen Pol-
tergeift gefallen feyn? Vielleicht beging er die
Unvorfichtigkeit, da er zu Gott auf den flammen-
den Stuhl redete, ihm ins Geficht zu fehn; und
es fiehet gefchrieben, wer ihn anfiehet, der ift
des Todes. Vielleicht ift er nur fcheinbarlich
geftorben, nach der Sitte der Weifen, welche
fich ftellen als ftürben fie an einem Ort, und fich
an den andern verfezzen. Wie dem auch feyn
mag, ich kann nicht glauben, daß die Art mit
der er mir feine Schäze vertraute, Strafe ver-
diene. Es ging aber damit alfo zu.

Mein fchlichter Verftand ließ mich immer
argwohnen, daß es viel Leeres in allen fogenann-
ten geheimen Wiffenfchaften gebe: alfo war ich
nie in Verfuchung, meine Zeit mit Durchblätte-
rung ihrer Lehrbücher zu verfchwenden. Da ich
es aber eben fo vernünftig fand, alle welche fich
ihnen widmen, und gröftentheils aufferdem kluge Leute, voller Kentniffe und Verdienfte im
Staat und im Felde find, ohne Urfache zu verdammen: fo fiel mir ein, um Ungerechtigkeit zu
vermeiden, und mich durch Lefung langweiliger
Bücher nicht zu ermüden; gegen alle von denen
ich

ich erfuhr, daß sie für diese Wissenschaften wa=
ren, mich davon eingenommen zu stellen. Gleich
Anfangs hatte ich mehr Glük als ich erwartete.
Da diese Leute, so geheimnißvoll und zurükhal=
tend sie sich auch zu seyn schmeicheln, nichts
mehr wünschen, als ihre Einbildungen und die
neuen Entdekungen, die sie in der Natur gemacht
haben wollen, auszukramen, so war ich in we=
nig Tagen der Vertraute ihrer Vornehmsten,
und einer oder der andere beständig in meinem
Cabinet, das ich aus Absicht mit ihren aus=
schweifendsten Schriftstellern versehn hatte. Kein
fremder Gelehrter kam her, von dem ich nicht
Nachricht erhielt; kurz, ich spielte eine wichtige
Rolle und wußte nichts.  Ich war in Gesellschaft
von Fürsten, großen Herren, Staatsleuten,
schönen und häßlichen Frauenzimmern, Gelehr=
ten, Prälaten, Mönchen, Nonnen, Leuten von
jedem Stande.  Der sprach von Engeln, der vom
Teufel, der von seinem Genius, der vom Alp,
der von Universalarzney, der von Gestirnen, der
von Geheimnissen der Gottheit, und beynahe
jeder vom Stein der Weisen.

Alle

Alle gestanden, daß diese grossen Geheimnisse, und vornemlich der Stein der Weisen,
schwer zu suchen und im Besiz weniger Leute
sind; aber jeder insbesondere hatte eine so gute
Meynung von sich selbst, daß er in der Zahl der
Auserwählten zu seyn glaubte. Glüklicherweise
erwarteten die vorzüglichsten damals mit Ungeduld die Ankunft eines Deutschen, eines grossen
Herrn und grossen Cabbalisten, dessen Güter gegen die Polnische Gränze liegen. Er hatte in
einem Briefe den Kindern der Weißheit die in
Paris wohnen, versprochen, sie zu besuchen wenn
er auf seiner Reise nach Deutschland durch Frankreich ginge. Man trug mir auf, den Brief dieses grossen Mannes zu beantworten: ich sandte
ihm die Figur meiner Nativität, auf daß er be-
urtheile, ob ich mich dem höchsten Licht näheren
könne. Diese Figur und mein Brief waren so
glüklich Gnade vor ihm zu finden, er antwortete
mir, daß ich der erste in Paris seyn sollte, den
er sehen werde; und wenn der Himmel sich
nicht widersetze, so werde er Sorge tragen, mich
in die Gesellschaft der Weisen aufzunehmen.

Um

Um mein Glük nicht aus den Augen zu lassen, unterhielt ich mit dem erlauchten Deutschen einen ordentlichen Briefwechsel. Ich machte ihm von Zeit zu Zeit grosse, so viel ich davon verstand, gegründete Einwürfe über die Harmonie der Welt, über die Pythagoräische Zahl, über die Gesichte des heiligen Johannes, und über das erste Kapittel des ersten Buchs Mose. Die Grösse der Materie riß ihn hin, er schrieb mir unerhörte Wunder, und ich sah wol, daß ich es mit einem Mann von sehr starker und sehr ausgebreiteter Einbildungskraft zu thun hatte. Ich habe sechzig oder ächtzig Briefe von ihm, deren Ton so ausserordentlich ist, daß ich mich nicht enthalten konte sie beständig zu lesen, sobald ich allein in meinem Cabinet war.

Grade einer der erhabensten lag vor mir, als ein Mann mit einem bedeutendem Gesicht hereintrat, mich feyerlich grüßte, und in meiner Muttersprache anredete, doch war's der Accent eines Ausländers. Knie nieder mein Sohn, und bete den an, welcher ist gütig und gros, den Gott der Weisen, und überhebe dich nicht deines Heils, daß er dir sendet einen

Sohn

Sohn der Weisheit, um dich ihm beyzu=
gesellen, und Theil nehmen zu lassen an
den Wundern seiner Allmacht.

Die Neuheit dieses Grußes erregte anfangs
mein Erstaunen, und ich fing zum erstenmal an
zu vermuthen, daß man zuweilen Erscheinungen
haben könne: dennoch sprach ich mir Muth zu
so gut ich konte, und sah ihn so höflich an, als
meine kleine Furcht es erlauben wollte. Wer
Sie auch seyn mögen, sagt' ich, Sie dessen An=
rede nicht von dieser Welt ist, ich acht' es mir zu
grosser Ehre, daß Sie mich haben besuchen wol=
len: aber vergönnen Sie mir, wenn es Ihnen
gefällt, daß ich, bevor ich den Gott der Weisen
anbete, wissen möge von welchem Weisen und
von welchem Gott Sie reden; seyn Sie so gü=
tig sich in diesen Lehnstuhl zu werfen, und be=
mühen Sie sich mir zu sagen, wer ist dieser Gott,
diese Weisen, diese Gesellschaft, diese Wunder
der Allmacht, und endlich oder vor allen Din=
gen, mit welcher Art von Geschöpf hab' ich die
Ehre zu reden?

Sie handeln sehr weißlich mein Herr, er=
wiederte er lächelnd, und nahm den Stuhl den

ich

ich ihm anbot, aber diese Erklärungen giebt man
warlich nicht auf das erste Wort. Meine An=
rede ist der Gruß dessen sich die Weisen bedienen,
wenn sie jemanden ihr Herz eröfnen und ihre Ge=
heimnisse enthüllen wollen. Ihre Briefe schie=
nen mir so gelehrt, daß ich erwarten durfte er
werde ihnen nicht unbekant seyn, und der Graf
von Gabalis könne ihnen nichts angenehmeres
sagen. Ach mein Herr, rief ich aus, und erin=
nerte mich der grossen Rolle die ich zu spielen
hatte, wie soll ich mich so vieler Güte würdig
machen? Ist es möglich, daß der grösse der
Menschenkinder in meinem Cabinet ist, daß der
grosse Gabalis mit seinem Besuch mich beehrt?

Ich bin der geringste der Weisen, antworte=
te er mit ernstem Blik, und Gott, der das Licht
der Weisheit austheilt, nach dem Gewicht und
Maas das seiner Hoheit gefällt, hat mir nur ei=
nen kleinen Theil zugewogen, in Hinsicht auf
das, was ich mit Erstaunen bey meinen Genossen
bewundere. Ich hoffe Sie werden ihnen eines
Tages gleich kommen, wenn es mir erlaubt ist,
aus der Figur ihrer Nativität zu urtheilen, mit
deren Ueberschiffung Sie mich beehrten: aber er=
lauben

lauben Sie mir, sezte er lächelnd hinzu, mich zu
beklagen, daß Sie mich anfangs für ein Gespenst
ansahen.

Ach! nicht für ein Gespenst, war meine
Antwort, aber ich gestehe, es fiel mir ein, was
Cardanus erzählt, daß sein Vater einsmals in
seinem Studierzimmer sieben an Farbe verschie=
dene Unbekante fand, die ihm sonderbare Dinge
von ihrer Natur und Bestimmung sagten. —

Ich verstehe Sie, unterbrach mich der Graf,
es waren Sylphen, von denen Sie mehr erfah=
ren werden, Bewohner der Luft, welche sich zuwei=
len bey den Weisen über die Schriften des Aver=
rons Raths erholen, die sie nicht ganz verstehn.
Cardanus hat unbesonnen gehandelt, das in sei=
nen Subtilitatibus bekant zu machen; er hat es
aus den Papieren seines Vaters, der in unsrer
Verbindung war, und da er seines Sohnes
Hang zum Plaudern kannte, ihn nichts Grosses
lehren wollte, und bey der gewöhnlichen Astro=
logie ließ, durch die er nicht einmal vorher sah,
daß sein Sohn an den Galgen kommen würde.
Der Spitzbube ist Schuld, daß Sie mir den
Schimpf erwiesen haben, mich für einen Syl=

phen

phen zu halten! Schimpf? fragt' ich, wie mein
Herr, ich wäre so unglüklich — Ich zürne dar=
über nicht, fiel er in meine Rede, Sie sind nicht
verbunden zu wissen, daß alle Geister der Ele=
mente unsre Schüler, daß sie sehr glüklich sind,
wenn wir uns zu ihrem Unterricht herablassen
wollen, und daß der geringste unter uns Weisen
gelehrter und mächtiger ist, als alle die Herrchen.
Aber von dem allen wollen wir ein andresmal
reden, heute genügt mir das Vergnügen, Sie
gesehn zu haben. Suchen Sie, mein Sohn,
sich des Cabalistischen Lichtes würdig zu machen.
Die Stunde Ihrer Wiedergeburt ist gekommen,
und es steht nur bey Ihnen, eine neue Creatur
zu seyn. Beten Sie inbrünstig zu dem, welcher
allein die Gewalt hat neue Herzen zu schaffen,
daß er ihnen eines verleihe, welches fähig sey
der grossen Dinge, die ich Sie zu lehren habe,
und mir eingebe, Ihnen keines unsrer Geheim=
nisse zu verschweigen. Darauf erhob er sich,
umarmte mich bevor ich ihm antworten konte,
und fuhr fort: Lebe wohl mein Sohn, ich muß
zu meinen Brüdern die an diesem Orte woh=
nen, hernach sollst du von mir hören. Un=
ter=

terdeſſen wache, bete, hoffe, und rede
nicht.

Mit dieſen Worten ging er aus meinem Cabinet. Ich begleitete ihn, und beſchwerte mich
über ſeinen kurzen Beſuch, und daß er ſo grauſam ſey mich ſogleich zu verlaſſen, da er mir eben
einen Vorſchmak ſeiner Kentniſſe gegeben. Er
verſicherte mich freundlich, ich ſollte bey der Ver-
zögerung nichts verlieren, ſtieg in ſeinen Wagen
und ließ mich in einer Verwunderung, die ich
nicht ausdrükken kann. Ich konte weder meinen eigenen Augen noch meinen Ohren glauben.
Ich bin gewiß, ſagt' ich, es iſt ein Mann vom
Stande, er genießt ein jährliches Einkommen
von funfzigtauſend Pfund, und hat ſich völlig
gebildet. Und dieſe Thorheiten ſollten ihm Ernſt
ſeyn? Er ſprach von den Sylphen, als ob ihr
Daſeyn ausgemacht wäre. Wär' er wirklich ein
Zauberer, und hätt' ich mich geirrt, als ich glaubte, es gäbe keine mehr? Aber wenn es auch Zauberer giebt, ſind ſie ſo gottesfürchtig als dieſer
ſcheint?

Von dem allen begrif ich nichts, doch war
ich entſchloſſen das Ende abzuwarten, obſchon ich
vorher

vorher fah, daß ich einige geiftliche Reden wür=
de aushalten müffen, und daß der Teufel, der
ihn befeele, ein groffer Moralift und Prediger
fey.

***

### 2.

Der Graf ließ mir die ganze Nacht, dem Ge=
bet obzuliegen, und fchrieb mir mit dem Anbruch
des folgenden Tages ein paar Zeilen, daß er ge=
gen acht Uhr zu mir kommen, und, wenn es mir
gefiele, eine Spazierfahrt mit machen wolle. Ich
erwartete ihn, er kam, und nach wechfelfeitigen
Höflichkeiten, forderte er mich auf, ihn hinzufüh=
ren wo wir frey feyn, und niemand unfer Ge=
fpräch unterbrechen könte, Ich fchlug ihm Rüel
vor, das mir angenehm und einfam genug fchien.
Er willigte darein, wir ftiegen in den Wagen,
und während des Weges beobachtete ich meinen
neuen Lehrer. Nie habe ich bey einem Menfchen
fo viel Zufriedenheit gefunden, als alle feine
Manieren bewiefen; fein Geift war fo ruhig und
heiter, als man von keinem Schwarzkünftler er=
warten dürfte; fein Geficht war das, eines Men=
fchen, deffen Gewiffen unbefleckt ift. Ich war

B                                    wun=

wundernswürdig ungeduldig, ihn zum Zwek
kommen zu sehn, ich konte nicht begreifen, wie
ein Mann, der mir so scharfsinnig, so vollkommen
in jeder andern Sache schien, sich durch Träume,
deren er des vorigen Tages erwähnte, das Ge=
hirn verrükt habe. Er sprach göttlich über die
Politik, und war entzükt, daß ich den Plato ge=
lesen hatte. Das alles wird Ihnen, sprach er,
dereinst mehr als Sie glauben zu statten kom=
men: und wenn wir heute einig werden, so ist
es nicht unmöglich, daß Sie mit der Zeit diese
weisen Grundsäzze ausüben. Unter diesem Ge=
spräch kamen wir nach Rüel, wir gingen in den
Garten, der Graf achtete seiner Schönheit nicht
und wandte sich grade zum Irrgange.

Dort waren wir so allein als er es wünschte.
Er hob seine Augen und seine Hände gen Him=
mel: ich preise, brach er aus, ich preise die ewi=
ge Weisheit, welche mir eingiebt, ihrer unaus=
sprechlichen Wahrheiten keine vor Ihnen zu ver=
hehlen. Wie glüklich werden Sie seyn mein
Sohn! wenn sie so gnädig ist, Ihrer Seele die
Stimmung zu geben, welche diese hohe Geheim=
nisse von Ihnen verlangen. Sie werden lernen,

der

der ganzen Natur zu gebieten, Gott allein wird
Ihr Herr, und die Weisen allein Ihre Brüder.
Die höchsten Wesen werden stolz seyn Ihrem Verlangen zu gehorchen; die Teufel werden nicht
bestehen vor Ihrem Angesicht, und in der Tiefe
des Abgrunds vor Ihrer Stimme erzittern; und
alles unsichtbare Volk, das die vier Elemente bewohnt, wird sich glüklich schäzen, der Diener Ihrer Wünsche zu seyn. Ich bete dich an, o ge-
waltiger Gott! daß du den Menschen mit so viel
Herrlichkeit gekrönt, und zum unbeschränkten
Gebieter jedes Werks deiner Hände gemacht
hast. Er wandte sich zu mir: fühlen Sie mein
Sohn, fühlen Sie diesen heldenmässigen Ehr-
geiz, welcher das untrügliche Kennzeichen der
Kinder der Weisheit ist? Erdreisten Sie sich
des Wunsches, nur Gott zu dienen, und über
alles zu gebieten was nicht Gott ist? Haben
Sie begriffen was das heist, Mensch seyn? Und
tragen Sie nicht den Stand eines Sclaven mit
Unmuth, da Sie zum herrschen geboren sind?
Wenn Sie diese edlen Gesinnungen hegen, woran
die Figur Ihrer Nativität mich nicht zweifeln
läßt, so überlegen Sie reiflich, ob Sie Muth

und

und Stärke haben, allem dem zu entsagen, was
Ihnen ein Hinderniß seyn kann, die Höhe zu er-
reichen, zu der Sie geboren sind? Hier hielt
er ein, und sah mich starr an, als erwartete
er meine Antwort, oder suche in meinem Herzen
zu lesen.

Der Anfang seiner Rede hatte mir Hofnung
gemacht, wir würden bald zur Sache kommen;
die lezten Worte ließen mich daran verzweifeln.
Das Wort entsagen schrekte mich, ich stellte mir
nichts geringeres vor, als daß ich der Tauf-
oder dem Paradise würde entsagen müssen, und
wuste mich nicht aus dem schlimmen Handel zu
ziehen. Entsagen? fragt' ich, muß man deswe-
gen einer Sache entsagen? Freylich muß man
das, antwortete er, und so nothwendiger Weise,
daß man damit anfangen muß. Ich weiß nicht
ob Sie sich dazu werden entschließen können:
aber ich weiß wohl, daß die Weisheit nicht in
einem sündigen Leibe wohnt, und nicht zu einem
irrigen oder boshaften Herzen sich wendet. Die
Weisen werden Sie nie unter sich aufnehmen,
wenn Sie nicht von diesem Augenblik an einer
Sache entsagen, die mit der Weisheit nicht bestehen

stehen kann. Sie müssen, sezte er leise hinzu,
und neigte sich zu meinem Ohr, aller fleisch=
lichen Vermischung mit Weibern entsagen.

Bey diesem sonderbaren Vorschlage brach ich
in ein lautes Gelächter aus. Sie sind sehr gnä=
dig mit mir verfahren, rief ich. Ich erwartete,
daß sie eine befremdende Entsagung von mir for=
dern würden, aber weil sie nur das weibliche Ge=
schlecht betrift, so bin ich diesem Verlangen schon
lange zuvorgekommen, und Gott sey Dank! keusch
genug. Unterdessen, da Salomon weiser war
als ich vielleicht seyn werde, und alle seine Weis=
heit ihn nicht vor der Verführung sicherte, so sa=
gen Sie mir doch, wenn es Ihnen beliebt, wel=
ches Mittel ergreifen Sie, meine Herren, um
dieses Geschlechts nicht zu bedürfen, und was
würde es schaden, wenn im Paradise der Weisen
jeder Adam seine Eva hätte?

Sie fragen nach grossen Dingen, erwiederte
er, und ging bey sich zu Rathe, ob er meine
Frage beantworten sollte. Weil ich aber sehe,
daß Sie ohne Mühe von den Weibern ablassen
werden, so will ich Ihnen eine der Ursachen sa=
gen, welche die Weisen verbanden, ihren Schü=

lern

lern diese Bedingung aufzulegen; und daraus
werden Sie erkennen, in welcher Unwissenheit
alle Menschen leben, die nicht zu uns gehören.

Wenn Sie eingeschrieben seyn werden unter
den Kindern der Weisheit, und Ihre Augen ge-
stärkt durch den Gebrauch der sehr heiligen Arzney; so werden Sie alsbald erkennen, daß die
Elemente durch sehr vollkommene Geschöpfe bewohnt sind, deren Bekantschaft und Umgang die
Sünde des unglüklichen Adam seiner zu unglüklichen Nachkommenschaft geraubt hat. Der un-
ermeßliche Raum zwischen der Erde und den
Himmeln hat edlere Bewohner als Vögel und
Fliegen; der Ocean trägt nicht blos Meerschwei-
ne und Wallfische in seinem Schooß; die Tiefen
der Erde sind nicht für die Maulwürfe allein;
und das Element des Feuers, edler als die drey
andern, ward nicht gemacht um ungenuzt zu
bleiben und leer.

Die Luft ist voll einer unendlichen Menge
Volks in menschlicher Gestalt, das etwas stolz
scheinet aber gelehrig ist: es liebt die Wissenschaften, ist scharfsinnig, dienstfertig gegen die Weisen, und den Thoren und Unwissenden feind.

Ihre

Ihre Weiber und Töchter sind männliche Schön=
heiten, wie man die Amazonen mahlt. Wie
mein Herr! rief ich aus, wollen Sie mich glau=
ben machen, daß diese Poltergeister verheyrathet
sind?

Erschrekken Sie nicht über eine solche Klei=
nigkeit, erwiederte er. Glauben Sie, alles was
ich Ihnen sage, ist gegründet und wahr; dies
sind nur die Grundsäzze der alten Cabala, und
es steht bey Ihnen sich mit Ihren eigenen Au=
gen davon zu überzeugen: aber empfangen Sie
mit Ergebung das Licht, welches Gott Ihnen
durch mein Zuthun sendet. Vergessen Sie alles,
was Sie über diese Materie in den Schulen der
Unwissenden gehört haben können: oder Sie wer=
den das Misvergnügen haben, wenn die Erfah=
rung Sie widerlegt, gestehen zu müssen, daß Sie
zur Unzeit steifsinnig waren.

Hören Sie mich also aus, und wissen Sie,
das Meer und die Flüsse sind bewohnt wie die
Luft; die alten Weisen nannten diese Völkerschaf=
ten Ondinen oder Nymphen. Sie haben wenig
Männer unter sich, aber desto mehr Weiber;

ihre

ihre Schönheit ist ausserordentlich, und die Töchter der Menschen kommen ihnen nicht gleich.

Die Erde ist fast bis auf ihren Mittelpunkt
von Gnomen erfüllt, Leuten von kleiner Bil-
dung, Bewahrern der Schäzze, der Minen und
Edelgesteine: sie sind klug, Freunde des Menschen, und lassen sich leichtlich beherrschen. Sie
schaffen den Kindern der Weisheit alles Geld
dessen sie nöthig haben, und verlangen keinen
andern Preis ihrer Dienste, als die Ehre zu gehorchen. Die Gnomiden, ihre Weiber, sind sehr
klein, aber sehr angenehm, und ihre Tracht ist
wundersam. Die Salamander, diese entflamm-
ten Bewohner der Regionen des Feuers, dienen
den Weisen, aber suchen ihre Gesellschaft nicht
zudringlich: und ihre Töchter und Weiber lassen
sich selten sehen. Sie haben Recht, unterbrach
ich ihn, und ich schenke ihnen ihre Erscheinung.
Warum? sagte der Graf. Warum? Was frag'
ich nach der Unterhaltung mit einem so häßlichen
Thier als ein männlicher oder weiblicher Salamander? Sie haben Unrecht, erwiederte er,
dafür halten sie die unwissenden Maler und Bild-
hauer, die Weiber der Salamander sind schön,

schöner

schöner sogar als alle andre, weil sie aus einem
reineren Element sind. Davon sagte ich Ihnen
noch nichts, und machte nur eine kurze Beschrei=
bung dieser Völker, weil Sie selbst sie mit Musse
und ohne Mühe sehen können wenn Sie verlan=
gen. Sie werden mit Bewunderung ihre Tracht,
ihre Nahrung, ihre Sitten, ihre Polizey und ih=
re Gesezze sehen. Die Schönheit ihres Geistes
wird Sie noch mehr bezaubern als die ihres Lei=
bes: aber Sie werden sich nicht enthalten kön=
nen diese Unglüklichen zu bedauren, wenn sie
Ihnen sagen werden, daß ihre Seele sterblich
ist, und daß sie keine Hofnung haben das höchste
Wesen ewig zu geniessen, das sie kennen und hei=
lig anbeten. Sie werden Ihnen sagen, daß sie
aus den reinsten Theilen des Elements bestehen,
welches sie bewohnen, keine widerstreitende Ei=
genschaften haben, weil sie nur aus einem Ele=
ment gemacht sind, und daher erst nach mehre=
ren Jahrhunderten sterben: aber was ist diese
Zeit gegen die Ewigkeit? Sie müssen auf ewig
vernichtet werden. Dieser Gedanke betrübt sie
sehr, und es kostet uns grosse Mühe sie darüber
zu trösten.

B 5                    Unsre

Unsre Väter, die Weisen, redeten mit Gott von Angesicht zu Angesicht und beklagten das Unglük dieser Völker: und Gott, dessen Erbarmen keine Gränzen hat, offenbarte ihnen, daß es nicht unmöglich sey, ein Mittel gegen dieses Uebel zu finden. Er gab ihnen ein, so wie der Mensch durch den Bund, welchen er mit Gott eingegangen, der Gottheit theilhaftig geworden sey: so könten die Sylphen, Gnomen, Nymphen und Salamander, durch Verbindungen, welche sie mit dem Menschen eingehen dürfen, der Unsterblichkeit theilhaftig werden. So wird eine Nymphe oder Sylphide unsterblich, und der Seligkeit fähig, nach welcher wir streben, wenn sie so glüklich ist, sich mit einem Weisen zu verheyrathen: und ein Gnome oder Salamander hört von dem Augenblik auf sterblich zu seyn, da er eine unsrer Töchter heyrathet.

Daher entstand der Irrthum der ersten Jahrhunderte, des Tertullianus, Justinus Martyr, Lactantius, Cyprianus, Clemens Alexandrinus, Athenagoras des christlichen Philosophen, und überhaupt aller Schriftsteller dieser Zeit. Sie hatten erfahren, daß diese Elementarischen Halbmen=

menschen Umgang mit ihren Töchtern suchten,
und bildeten sich daher ein, der Fall der Engel
sey durch die Liebe verursacht, welche sie gegen
die Weiber empfanden. Einige Gnomen, die
nach der Unsterblichkeit verlangten, bewarben
sich um die Gunst unsrer Töchter, und brachten
ihnen Edelgesteine, deren natürliche Hüter sie
sind: und diese Schriftsteller glaubten, im Ver=
trauen auf das Buch Enoch, welches sie unrecht
verstanden, dies wären Fallstricke, welche die
verliebten Engel der Keuschheit unsrer Weiber
legten. Im Anfang da diese Kinder des Himmels
von den Töchtern der Menschen geliebt wurden,
erzeugten sie die berüchtigten Riesen: und die
elenden Cabalisten Joseph und Philo, wie denn
alle Juden nichts wissen, und nach ihnen alle
Schriftsteller, die ich eben genannt habe, sogar
Origenes und Macrobius, sagten, es wären En=
gel, und wusten nicht, daß die Sylphen und die
andern Bewohner der Elemente, durch den Na=
men Kinder Elohim, von den Kindern der Men=
schen sich unterscheiden. So werden auch, wor=
über der weise Augustin zu bescheiden war, ein
Urtheil zu fällen, die Nachstellungen welche die
soge=

sogenanten Faunen und Satyren den Afrikane=
rinnen seiner Zeit legten, durch diese meine Nach=
richt erklärt. Die Bewohner der Elemente tra=
gen Verlangen sich mit den Menschen zu verbin=
den, weil es das einzige Mittel ist die Unsterb=
lichkeit zu erlangen, welche ihnen fehlt.

Ach! unsre Weisen geben gewis der Weiber=
liebe den Fall der ersten Engel nicht Schuld;
noch unterwerfen sie die Menschen so sehr der
Gewalt des Teufels, um alle Abentheuer der
Nymphen und Sylphen, wovon alle Geschicht=
schreiber voll sind, auf seine Rechnung zu sezzen.
Nie war etwas strafbares dabey. Es waren
Sylphen die unsterblich zu werden suchten. Ih=
re unschuldigen Bewerbungen sind den Weisen
so wenig anstössig, daß sie uns gerecht scheinen,
daß wir alle einstimmig beschloßen haben, den
Weibern ganz zu entsagen, und uns einzig dar=
auf zu legen, Nymphen und Sylphiden unsterb=
lich zu machen.

O Gott! rief ich, was hör' ich, wie weit geht
die un — Ja, mein Sohn, unterbrach mich der
Graf, Sie haben recht, wie weit geht die unend=
liche Glükseligkeit des Weisen? Statt der Wei=
ber

ber, deren schwacher Reiz in wenig Tagen ver-
geht, und von scheuslichen Runzeln vertrieben
wird, besizzen die Weisen Schönheiten die nim-
mer veralten, und genießen der Ehre sie unsterblich zu machen. Bedenken Sie die Zärtlichkeit
und Dankbarkeit dieser unsichtbaren Geliebten,
und mit welchem Eifer sie dem gütigen Weisen
zu gefallen suchen, der sich bemüht sie unsterblich
zu machen.

O mein Herr! ich entsage — rief ich zum
zweytenmal, aber er fuhr fort ohne mich zu Wort
kommen zu lassen: ja, mein Sohn, entsagen
Sie allen unnüzen und eitlen Freuden, die man
bey den Weibern antreffen kann; die schönste
unter ihnen, gegen die geringste Sylphide gehalten, ist häßlich: kein Ekel folgt auf unsre weisen
Umarmungen. Elende Unwissende, wie seyd
ihr zu beklagen, daß ihr die Wollust des Weisen nicht schmecken könt!

Elender Graf von Gabalis, unterbrach ich
ihn in einem Ton in welchem Zorn und Mitleid
lag, werden Sie mich endlich sagen lassen, daß
ich dieser unsinnigen Weisheit entsage; daß ich
diese träumerische Lehre lächerlich finde; daß ich

diese

diese abscheulichen Umarmungen, die Sie mit
Schattenbildern vermischen, verfluche, und für
Sie zittre, daß nicht eine Ihrer vorgegebenen
Sylphiden Sie plößlich aus Ihren Entzückun-
gen in die Hölle versezze, aus Furcht, daß ein so
rechtschaffener Mann endlich die Thorheit seines
chimärischen Eifers einsehe, und eine so grosse
Missethat büsse.

O, o, antwortete er, und ging drey Schritte zurük, und maß mich mit einem zornigen
Blik. Wehe dir Mann ungelehrigen Sinnes!
Ich gestehe, ich erschrak über seine Heftigkeit,
und noch mehr als ich sahe, daß er sich von mir
entfernte, und ein Papier aus der Tasche zog,
welches, wie ich von weitem bemerkte, mit Cha-
racteren beschrieben war. Er las mit Aufmerk-
samkeit, runzelte die Stirne, und redete leise.
Ich glaubte, er rufe Geister zu meinem Verderben hervor, und fing an meinen unvorsichtigen
Eifer zu bereuen. Wenn ich diesmal davon
komme, sagt' ich, so gebe ich mich mit keinem
Cabalisten mehr ab. Ich sahe starr auf ihn, wie
auf einen Richter der mein Todesurtheil spräche,
als sein Antliz wieder heiter zu werden begann.

Es

Es wird Ihnen schwer fallen, sagte er lächelnd
und ging auf mich zu, wider den Stachel zu
lecken, Sie sind ein auserwähltes Gefäs, der
Himmel hat Sie bestimmt, der gröste Cabalist
Ihres Jahrhunderts zu seyn, die Figur Ihrer
Nativität kann nicht trügen; ist es nicht izt,
nicht durch mein Zuthun, so wird es seyn wenn
es Ihrem retrograden Saturn gefällt. Ach!
ich werde gewiß nie ein Weiser, sagt ich, als
durch das Zuthun des grossen Gabalis, aber
aufrichtig zu reden, ich besorge es wird nicht
leicht seyn, mich zur philosophischen Galanterie
zu bewegen. — Wären Sie ein so schlechter Na-
turkundiger, fragte er, von dem Daseyn dieser
Völker nicht überzeugt zu seyn? — Ich weiß
nicht, mir würden sie immer nur verkleidete Poltergeister scheinen. — Und werden Sie immer
mehr Ihrer Amme trauen, als der natürlichen
Vernunft; als dem Plato, Pythagoras, Celsus,
Psellius, Proclus, Porphyrius, Jamblichus,
Plotinus, Trismegistus, Nollius, Dornaeus,
Fludd, als dem grossen Philippus Aureolus
Theophrastus Bombastus Paracelsus von Ho-
henheim, als allen unsern Brüdern?—

Ihnen

Ihnen werde ich so viel und mehr trauen als
allen den Leuten, aber mein lieber Herr könten
Sie nicht mit Ihren Brüdern ausmachen, daß
ich nicht verbunden wäre, gegen diese Elements=
damen in Zärtlichkeit zu zerfliessen? Ach! erwie=
derte er, Sie sind ohne Zweifel frey, und wer
nicht will liebt nicht; wenig Weisen konten ihren
Reizen widerstehen, aber doch fanden sich solche,
die sich einzig für grössere Dinge aufbewahrten,
wie Sie mit der Zeit erfahren werden, und den
Nymphen diese Ehre nicht erzeigen wollten.
Zu denen will ich mich schlagen, versezte ich,
auch könt' ich mich, schwerlich entschliessen, die
Zeit mit Ceremonien zu verlieren, welche man,
wie ein Prälat mir erzählt hat, anwenden muß,
um mit diesen Geistern Umgang zu pflegen. Der
Prälat wuste nicht was er sagte, antwortete der
Graf, denn Sie werden dereinst sehen, daß es
keine Geister sind: und übrigens bedarf kein
Weiser Ceremonien oder Aberglauben, um den
Umgang der Geister zu haben, oder der Völker
von denen wir reden.

Der Cabalist verfährt blos nach den Grund=
sätzen der Natur, und die seltsamen Worte,

Cha=

Charactere, und Deutungen unſrer Schriften
ſind nur da, um den Unwiſſenden die Grundre-
geln der Phyſik zu verbergen. Bewundern Sie,
wie einfach die Natur in allen ihren erſtaunen-
den Wirkungen iſt, und wie in dieſer Einfalt
eine Harmonie, ein ſo groſſer, gerechter, und
nothwendiger Zuſammenklang iſt, daß er Sie
wider Ihren Willen von Ihren ſchwachen Einbildungen zurükbringen wird! Was ich Ihnen
ſagen werde, lehren wir unſre Schüler, die wir
noch nicht ganz in das Heiligthum der Natur
einführen, aber auch nicht der Gemeinſchaft mit
den Bewohnern der Elemente berauben wollen,
weil wir Mitleid gegen dieſe Bewohner hegen.

Die Salamander, wie Sie vielleicht ſchon
begriffen haben, ſind aus den feinſten Theilen
der feurigen Sphäre zuſammengeſezt, gerundet
und organiſirt durch die Wirkung des allgemeinen Feuers, wovon ich Sie einmal unterhalten
werde, das daher ſo heißt, weil es der Grund aller Bewegungen der Natur iſt. So beſtehen
die Sylphen aus den reinſten Atomen der Luft,
die Nymphen aus den lauterſten Theilen des
Waſſers, und die Gnomen aus den unmerklich-

C                                    ſten

sten Partikeln der Erde. Adam hatte viel Verhältniß gegen so vollkommene Geschöpfe; er be-
stand aus den reinsten Theilen der vier Elemente,
schloß also die Vollkommenheiten dieser vier Völkerschaften in sich, und war ihr natürlicher König. Sobald ihn aber seine Sünde in den Aus-
wurf der Elemente gestürzt hatte, wie Sie ein
andermal sehen sollen, war die Harmonie ge-
stört, und der Unreine und Grobe hatte kein
Verhältniß gegen diese feinen und geläuterten
Wesen. Wie ist diesem Uebel abzuhelfen? Wie
ist diese Laute wider zu stimmen, und die verlorne Oberherrschaft zurükzurufen? O Natur!
Warum erforschet man dich so wenig? Begreifen Sie nicht, mein Sohn, wie einfach die Natur dem Menschen die Güter wider geben kann,
die er verloren hat? —

Ach mein Herr! erwiderte ich, ich bin sehr
unwissend in allem was einfach ist. — Und doch
ist es so leicht gelehrt darin zu seyn.

Wer die Herrschaft über die Salamander
wider erlangen will, der reinige und erhöhe
das Element des Feuers das in ihm liegt, und
ziehe die nachgelassene Saite wider an. Er
darf

darf nur das Feuer der Welt durch Hohlspiegel in eine Glaskugel concentriren; dies ist das Kunststück, welches alle Alten so heilig verborgen, und der göttliche Theophrast entdeckt hat. In dieser Kugel bildet sich ein Sonnen-Pulver, das sich durch sich selbst von der Vermischung der andern Elemente reinigt, und, nach der Kunst zubereitet, in kurzer Zeit ausserordentlich geschikt wird, das Feuer in uns zu erhöhen, und uns gleichsam eine feurige Natur zu geben. Von der Stunde an werden die Bewohner der Sphäre des Feuers uns unterworfen, und freuen sich, daß unsre wechselseitige Harmonie wider hergestellt ist, und wir uns ihnen wider genähert haben. Sie hegen gegen uns eben so viel Freundschaft als gegen ihres Gleichen, alle Ehrfurcht, die dem Ebenbilde und Statthalter ihres Schöpfers gebührt, und alle Sorgfalt, welche ihnen das Verlangen nach einer Unsterblichkeit einflössen kann, die sie nicht haben. Sie sind freylich feiner als die der andern Elemente, daher leben sie länger, und übereilen sich nicht, Unsterblichkeit von den Weisen zu verlangen. Sie können sich mit einem von ihnen abgeben, mein Sohn, wenn

C 2

der

der Widerwille, den Sie mir bezeigten, von
langer Dauer ist: vielleicht spräche er niemals
von dem, was Sie so sehr befürchten.

Mit den Sylphen, Gnomen und Nymphen
würde es nicht also seyn. Da sie eine kürzere
Zeit leben, bedürfen sie unser früher: auch ist
ihr Umgang leichter zu erhalten. Man darf nur
ein Glas mit Luft, Wasser oder Erde füllen, und
einen Monat hindurch an die Sonne sezzen, hernach die Elemente kunstmässig scheiden, welches
besonders bey dem Wasser und der Erde sehr
leicht fällt, und es ist zu bewundern, welch ein
Magnet jedes dieser gereinigten Elemente wird,
um Nymphen, Sylphen und Gnomen an sich
zu ziehn. Man darf nur einige Monate hindurch soviel als nichts davon zu sich nehmen, so
sieht man in der Luft das fliegende Reich der
Sylphen, sieht am Gestade die zahlreichen Nymphen singen, und die Hüter der Schäzze ihre
Reichthümer auskramen. So wird man ohne
Charactere, Ceremonien und barbarische Worte
zum Herrn über diese Völker. Sie verlangen
keinen Dienst von dem Weisen, der, wie sie wissen,
edler als sie ist. So lehrt die ehrwürdige Natur

tur ihre Kinder, Elemente durch Elemente her-
stellen, so kehrt die Harmonie zurük, so erlangt
der Mensch seine natürliche Herrschaft wieder,
und vermag alles in den Elementen ohne Teufel
und unerlaubte Kunst. So sehn Sie, mein
Sohn, daß die Weisen unschuldiger sind, als
Sie glauben. Sie sagen nichts dazu? —

Ich bewundere Sie, mein Herr, und fange
an zu befürchten, Sie werden mich zum destilli-
ren bewegen. — Ach! Gott bewahre Sie dafür
mein Kind! Ihre Nativität hat Sie zu solchen
Kleinigkeiten nicht bestimmt. Hergegen verbie-
te ich Ihnen sich damit abzugeben; wie ich Ihnen sagte, die Weisen zeigen diese Sachen nur
denen, welche sie nicht in ihre Gesellschaft aufnehmen wollen. Sie werden alle diese Vorzüge
und viel glorreichere und angenehmere durch weit
philosophischere Arbeiten erlangen. Dies Verfahren beschrieb ich Ihnen nur, um Sie die Un-
schuld dieser Weisheit sehen zu lassen, und Ihnen Ihr panisches Schrecken zu nehmen. —

Gott sey Dank mein Herr, ich fürchte mich
nicht mehr so sehr, als vorhin. Und ob ich mich
gleich zu der vorgeschlagenen Verbindung mit

den

den Salamandern nicht entschliesse, so bin ich
doch neugierig zu wissen, auf was Art Sie ent=
dekt haben, daß diese Nymphen und Sylphen
sterben. — Wahrhaftig, sie sagen es uns, und
wir sehen sie sterben. — Wie können Sie das
sehen, da sie durch ihre Verbindung unsterblich
werden? — Ja, wenn die Zahl der Weisen der
Zahl dieser Völker gleich käme, und nicht über=
dies viele von ihnen lieber sterben mögten, als
unsterblich werden, und Gefahr laufen, so un=
glüklich zu seyn als die Verdammten sind. Der
Teufel giebt ihnen diese Gesinnungen ein, und
wendet alles an, um diese armen Geschöpfe von
unsrer Verbindung und der Unsterblichkeit abzu=
halten. Daher betrachte ich diesen Widerwillen,
welchen Sie dagegen hegen, mein Sohn, als
eine verderbliche Versuchung, und als eine we=
nig großmüthige Regung, auch Sie sollten sie
so betrachten.

Was weiter den Tod anbelangt, von dem
Sie reden, wer verband Apollo's Orakel zu sa=
gen, alle Orakel wären sterblich gleich ihm, wie
Porphyrius erzählt? Und was denken Sie von
der Stimme, die man an allen Ufern Welschlands
ver=

vernahm, und die alle, welche auf dem Meer waren, so erschreckte? Der grosse Pan ist tod! Durch diesen Ruf verkündigten die Bewohner der Luft den Bewohnern der Gewässer, daß der erste und älteste der Sylphen gestorben sey. —

Es scheint mir, als man diese Stimme hörte, betete die Welt den Pan und die Nymphen an. Diese Herren, deren Umgang Sie mir predigen, waren also die falschen Götter der Heiden? — Es ist wahr mein Sohn, die Weisen sind weit entfernt zu glauben, der Teufel habe jemals so viel Macht besessen, sich anbeten zu lassen. Er ist zu elend und zu schwach, um solcher Freude und solchen Ansehens zu geniessen. Aber er überredete diese Bewohner der Elemente, sich den Menschen zu zeigen und sich Tempel errichten zu lassen: und durch die natürliche Herrschaft, die jeder in dem Element ausübt, in dem er lebt, beunruhigten sie die Luft und das Meer, erschütterten die Erde, und ergossen das Feuer des Himmels nach ihrer Willkühr, so daß es ihnen wenig Mühe kostete, für Gottheiten zu gelten, indes das höchste Wesen das Heil

der

der Nationen verabſäumte. Aber dem Teufel
trug ſeine Bosheit nicht alle Frucht die er hofte;
Pan, die Nymphen, und andere Völker der Ele=
mente fanden Mittel, ihre Anbetung in Liebe zu
verwandeln. Sie erinnern ſich, bey den Alten
war Pan König der Götter, die ſie Deos incubos
nannten, und die gewaltig hinter die Jungfrauen
her waren; und dadurch entgingen viele Hei=
den dem Teufel, und werden nicht in der Hölle
brennen. — Ich verſtehe Sie nicht, mein Herr.—
Das glaub' ich, fuhr er lächelnd fort, und in ei=
nem ſpöttiſchen Ton, es iſt über Ihre Begriffe,
und über die Begriffe aller Ihrer Gelehrten,
welche nicht wiſſen, was ſchöne Naturkunde iſt.
Hören Sie das groſſe Geheimniß dieſes ganzen
Theils der Weisheit, welcher die Elemente be=
trift: ſicherlich wird es Ihnen, wenn Sie ein
wenig Selbſtliebe haben, dieſen ſo wenig philo=
ſophiſchen Abſcheu benehmen, den Sie mir heu=
te bezeugen.

Wiſſen Sie alſo mein Sohn, aber verrathen
Sie dieſes groſſe Geheimniß keinem unwürdigen
Ignoranten, wiſſen Sie, ſo wie die Sylphen
die Unſterblichkeit der Seele durch die Verbin=
duns

dung erhalten, welche sie mit vorherbestimmten
Menschen eingehn; eben so erlangen die Menschen, welche keinen Theil haben an dem ewigen
Ruhm, diese Unglüklichen, welchen die Unsterblichkeit ein verderbliches Gut ist, für welche der
Messias nicht in die Welt kam — Also seyd ihr
Herren von der Cabala auch Jansenisten? unterbrach ich ihn. Wir wissen nicht, was das
sagen will, sprach er auffahrend, und mögen
uns nicht bekümmern, worin die verschiedenen
Secten und verschiedenen Religionen unwissender Thoren bestehen. Wir halten uns an die
alte Religion unsrer weisen Väter, worin ich
Sie einst werde unterrichten müssen. Um aber
auf unser erstes Gespräch zurükzukommen: diese
Menschen, deren traurige Unsterblichkeit ein ewiges Unglük seyn würde, diese bejammernswür-
digen Kinder, die der höchste Vater vernach-
lässigt hat, haben noch das Mittel sich sterblich
zu machen, durch die Verbindung mit den Völkern der Elemente. Also sehn Sie, laufen die
Weisen wegen der Ewigkeit keine Gefahr: ist es
ihre Bestimmung, so haben sie das Vergnügen,
wenn sie diesen leiblichen Kerker verlassen, die

Syl-

Sylphide oder Nymphe, welche sie unsterblich
machten, mit in den Himmel zu nehmen, oder
die Verbindung mit der Sylphide macht ihre
Seele sterblich, und befreyt sie von den Schreck=
nissen des zweyten Todes. So entgingen dem
Teufel alle Heiden, welche die Nymphen sich
zugesellten.

So befreyen sich die Weisen, oder ihre Freun=
de, denen wir nach der Eingebung Gottes eines
der vier elementarischen Geheimnisse entdecken,
von der Gefahr verdammt zu werden.

Wahrhaftig mein Herr, rief ich aus, (ich
mogt' ihn nicht wider aufbringen, und fand für
rathsam, meine wahren Gesinnungen zu verber=
gen, bis er mir alle Geheimnisse seiner Cabala
entschleyert haben würde, die, nach diesem Pröb=
chen zu urtheilen, sehr befremdend und belusti=
gend seyn musten,) wahrhaftig Sie treiben die
Weisheit sehr weit, und hatten wohl Recht zu
sagen, daß es über die Begriffe aller unsrer Ge=
lehrten sey. Ich glaube sogar, es wäre über
die Begriffe unsrer Obrigkeit; und wenn sie ent=
decken könnte, wer durch dieses Mittel dem Teu=
fel entginge — Die Unwissenheit ist unbillig, wer

weiß

weiß, ob ſie nicht die Parthey des Teufels gegen
den Flüchtling ergriffe, und dieſem üble Händel
machte? Daher eben, erwiderte der Graf, em-
pfahl ich Ihnen ein heiliges Stillſchweigen, und
empfehle es Ihnen noch. Ihre Richter ſind ſelt-
ſame Leute, ſie beſtrafen eine ſehr unſchuldige
Handlung als ein ſehr ſchwarzes Verbrechen. Wie
barbariſch war es die beyden Prieſter zu verbrennen, von denen der Fürſt von Miranda erzählt,
welche 40 Jahr hindurch ihre Sylphiden gehabt
hatten! Wie unmenſchlich war es Jeanne Ver-
villier zum Tode zu verdammen, weil ſie 36 Jahr
lang an der Unſterblichkeit eines Gnomen gear-
beitet hatte! Und wie unwiſſend zeigt ſich Bodi-
nus, wenn er ſie für eine Hexe hält; wenn er
von ihrer Begebenheit Anlaß nimt, den gemei-
nen Wahn über die vorgeblichen Hexenmeiſter
zu beſtätigen, und ein Buch darüber zu ſchrei-
ben, das gerade ſo ungereimt, als ſeine Repu-
blik vernünftig iſt.

Aber es iſt ſpät, und ich bedachte nicht, daß
Sie noch nicht gegeſſen haben. Sie reden für
ſich, mein Herr, antwortete ich, denn ich würde Ihnen ohne Beſchwehrde bis Morgen zuhören.

Für

Für mich? sagte er lächelnd, und ging auf das Thor zu, ich sehe wohl, daß Sie nicht wissen, was Philosophie ist. Die Weisen essen nur zu ihrem Vergnügen, und nie aus Bedürfnis. Ich dachte grade das Gegentheil von der Weisheit, erwiderte ich, ich glaubte, der Weise dürfe nur essen, um sein Bedürfnis zu stillen. — Sie betrogen sich, wie lange denken Sie, kann ein Weiser aushalten ohne zu essen? — Was weiß ich? Moses und Elias ließen es 40 Tage lang, ohne Zweifel lassen es ihre Weisen ein paar Tage weniger. — Die Anstrengung wäre nicht gros. Der gelehrteste Mann aller Zeiten, der göttliche, der beynahe anbetungswürdige Paracelsus versichert, er habe viele Weisen zwanzig Jahre zubringen sehen, ohne irgend etwas zu essen. Er selbst, bevor er zur Monarchie der Weisheit gelangte, deren Scepter wir ihm, wie billig, zuerkannt haben, machte den Versuch, mehrere Jahre von einem halben Scrupel solarischer Quintessenz zu leben. Und wollen Sie das Vergnügen haben, jemanden ohne Speise leben zu lassen, so bereiten Sie nur die Erde, wie ich sie Ihnen zur Gemeinschaft der Gnomen vorschrieb.

Wer

Wer diese Erde auf den Nabel legt, und auf-
frischt wenn sie zu trocken ist, der enthält sich
ohne Mühe des Essens und Trinkens: wie denn
der wahrhaftige Paracelsus sechs Monate lang
gethan zu haben erzählt. Doch der Gebrauch
der allgemeinen cabalistischen Arzney befreyt
uns weit besser von allen dringenden Bedürf-
nissen, welche die Natur den Unwissenden auf-
legt. Wir essen nur wenn es uns gefällt; aller
Ueberfluß der Speisen verschwindet durch die
unmerkliche Transspiration, und wir dürfen uns
nie schämen Menschen zu seyn. Er schwieg,
denn wir kamen unsern Bedienten nahe. Im
Dorf verzehrten wir eine leichte Mahlzeit, nach
Art philosophischer Helden.

### 3.

Nach der Mahlzeit kehrten wir in den Irrgarten zurük. Ich war tiefsinnig, mein Mitleid mit den Ausschweifungen des Grafen, die
ich heilen zu können nicht hoffen durfte, ließ
mich alles, was er mir gesagt hatte, nicht so be-
lustigend finden, als es ausserdem gewesen wäre.
Ich dachte darauf, ihm irgend einen Einwurf
aus dem Alterthum entgegenzustellen, den er

nicht

nicht beantworten könnte; denn es half nichts,
ihm die Meynung der Kirche anzuführen, er
hatte mir erklärt, er halte sich nur an die alte Religion seiner weisen Vorfahren: und einen Cabalisten durch die Vernunft überzeugen, erfordert Zeit; ausserdem konnte ich einen Mann nicht
bestreiten, dessen ganzes System mir noch unbe-
kannt war.

Es fiel mir ein, das was er von den falschen
Göttern gesagt hatte, welchen er die Sylphen
und andre elementarische Völker unterschob, könne durch die Orakel der Heyden widerlegt werden, die in der Schrift immer den Teufeln,
und nie den Sylphen beygelegt werden.
Doch wuste ich nicht, ob der Graf in den
Grundsäzzen seiner Cabala die Antworten der
Orakel nicht einer natürlichen Ursache zuschrie-
be, und also hielt ich für rathsam, seine Meynung darüber zu erforschen.

Er brachte mich selbst auf den Weg, indem
er sich gegen den Garten wandte, ehe er in den
Irrgarten trat. Er ist recht hübsch, sagte er,
und seine Statuen thun eine gute Wirkung.
Der Cardinal, der sie herbringen ließ, antwortete

tete ich, bildete sich oft Sachen ein, die seinem
grossen Genie nicht entsprachen. Er glaubte,
die meisten dieser Figuren hätten sonst Orakel
ertheilt, und kaufte sie daher sehr theuer. Viele
Leute liegen krank daran, versezte der Graf.
Die Unwissenheit macht, daß man alle Tage eine strafbare Abgötterey begeht, indem man die
Bildnisse so sorglich und theuer bewahrt, wovon
man glaubt, daß sie sonst zur Verehrung des
Teufels dienten. O Gott, wird man nie in dieser Welt wissen, daß du von Anbeginn der Zeit
deine Feinde zum Schemel deiner Füsse gelegt
hast, und die Teufel gefangen hältst unter der
Erde in den Kreisen der Finsternis! Dieser so
wenig lobenswürdige Sammlungsgeist, welcher
die vorgeblichen Sprachröhre der Teufel auf-
sucht, könnte unschuldig werden, mein Sohn,
wenn man sich wollte überzeugen lassen, daß es
nie den Engeln der Finsternis erlaubt ward, durch
Orakel zu reden.

Unsre Dilettanten werden das schwehrlich zugeben, unterbrach ich ihn: desto leichter unsre
starken Geister. Denn die haben in einer ihrer
lezten Versammlungen ausgemacht, daß alle
diese

diese vorgeblichen Orakel nichts waren, als ein
Betrug des Geizes heidnischer Priester, oder ein
Kunstgrif der Politik ihrer Beherrscher.

Entschieden die Musulmänner so, fragte mich
der Graf, die als Abgesandten an euren König
geschift wurden? — Nein mein Herr. — Welch
eine Religion haben denn die Herren, wenn sie
die heilige Schrift für nichts halten, welche an
so vielen Stellen so vieler verschiedener Orakel
erwähnt? Vorzüglich aber der Pythonen, wel=
che den Theil bewohnten und durch ihn Antwort
gaben, der zur Vermehrung des göttlichen Eben=
bildes bestimmt ist. — Alle diese redende Bäuche
hielt ich ihnen vor, ich ließ sie bemerken, daß
König Saul alle dergleichen aus seinem Lande
verbannte, und doch den Abend vor seinem To=
de noch einen fand, dessen Stimme die wunder=
same Gewalt hatte, auf seine Bitte und zu sei=
nem Verderben den Samuel zu erwecken. Den=
noch entschieden diese gelehrten Männer, es habe
nie Orakel gegeben. —

Wenn die Schrift keinen Eindruk auf sie
machte, so hätte das ganze Alterthum sie über=
führen sollen, welches tausend Beyspiele davon
auf=

aufstellen kann. So viele Jungfrauen schwan-
ger mit dem Schiksal der Sterblichen, die das
gute und böse Loos der Rathfragenden gebah-
ren? Warum nannten Sie ihnen nicht den
Chrysostomus, Origenes und Oecumenius, welche
der göttlichen Leute erwähnen, von den Griechen
Engastimandres genannt, deren weissagender
Bauch so berühmte Orakel absang? Und lieben diese Herren weder Schrift noch Kirchenväter, so muste man sie an die wunderthätigen
Jungfrauen erinnern, wovon der Grieche Pau-
sanias erzählt, die sich in Tauben verwandelten,
und unter dieser Gestalt die gepriesenen Orakel
Dodona's gaben: oder ihnen sagen, zur Ehre
ihrer Nation, daß es einst in Gallien edle
Jungfrauen gab, welche jede Gestalt annahmen,
die ihre Anrufer begehrten, und ausser der Gabe
Orakelsprüche zu fällen, eine wundernswürdige
Herrschaft über das Meer, und eine heilsame
Gewalt über die gefährlichsten Krankheiten be-
saßen. — Alle diese schönen Beweise hätte
man für Mährchen erklärt. — Macht das Alterthum sie verdächtig, so sollten Sie ihnen die
Orakel anführen, die man noch alle Tage giebt.

Und

Und wo? — In Paris. — In Paris! rief
ich aus. — In, fuhr er fort, in Paris. Sie
sind Meister in Israel und wissen das nicht.
Fragt man nicht alle Tage die Aquatischen
Orakel in einem Glase Wasser oder in Becken?
Die Aërischen Orakel in Spiegeln oder den Hän-
den einer Jungfrau? Bekommt man nicht dadurch verlorne Rosenkränze und verlorne Uhren
zurück? Erfährt man nicht dadurch Neuigkeiten aus der Ferne, und bespricht sich mit Ab-
wesenden? — Was erzählen Sie mir da mein
Herr? — Was alle Tage geschieht, wovon
ich überzeugt bin, und ohne Mühe tausend Au-
genzeugen aufbringen wollte. — Das glaub'
ich nicht, die Obrigkeit würde eine so strafbare
Handlung nicht dulden, würde diese Abgötterey — Nicht so hastig. Die Sache ist nicht
so böse, wie Sie denken; und die Vorsicht giebt
nicht zu, daß man diesen Rest der Weisheit vertilge, welcher sich aus dem kläglichen Schifbruch der Wahrheit gerettet hat. Wenn von
der fürchterlichen Gewalt göttlicher Namen noch
eine Spuhr unter dem Volk übrig ist, wollen Sie,
daß man diese vertilge? wollen Sie, daß man
Ehr-

Ehrfurcht und Dankbarkeit gegen den grossen
Namen Aglor verliere, der alle diese Wun=
der bewirkt, selbst wenn ihn Unwissende und
Sünder anrufen; und der in dem Munde eines
Cabalisten noch ganz andre Thaten thun würde?
Um diese Herren von der Wahrheit der Orakel
zu überzeugen, durften Sie nur ihre Einbil=
dungskraft und ihren Glauben erhöhen, gegen
Osten sich wenden, und mit lauter Stimme ru=
fen Ag — Ich unterbrach ihn: das ließ ich
in der Gesellschaft wol bleiben. Sie hätte mich
für einen Schwärmer gehalten, denn wahrhaf=
tig, sie glaubt das alles nicht, und hätt' ich
auch die Cabalistische Operation gewußt, deren
Sie erwähnen, in meinem Munde wäre sie
sicherlich misglükt; ich habe noch weniger Glau=
ben daran als jene. — Das soll sich mit Ih=
nen schon geben. Aber wenn Sie meynten,
daß die Herren dem nicht trauen würden, was
sie täglich in Paris sehen können, so hätten Sie
ihnen eine ziemlich neue Geschichte erzählen sol=
len. Celius Rhodiginus erzählt von einem
Orakel, das er gegen Ende des vorigen Jahr=
hunderts sah, daß ein ausserordentlicher Mann

die

die Zukunft durch eben das Organ verhersagte,
deſſen ſich Plutarchs Euricles bediente. — Ich
mogte den Rhodiginus nicht anführen; es
läßt pedantiſch wenn man citirt, und man hätte
mir ſicherlich geantwortet, der Mann ſey beſeſ-
ſen geweſen. —

Das wäre ſehr mönchartig geſprochen. —
Mein Herr! Ohngeachtet der Cabaliſtiſchen Abneigung gegen die Mönche, welche ich an Ihnen bemerke, kann ich nicht umhin, in dieſem
Punkt ihre Partey zu ergreifen. Ich glaube,
es ſey nicht ſo gefährlich, alle Orakel ganz und
gar zu läugnen, als zu behaupten, der Teufel
habe nicht durch ſie geredet. Denn endlich die
Kirchenväter und die Theologen — Geſtehen
die Theologen nicht ſelbſt, die gelehrte Sambethe, die älteſte der Sibyllen, ſey Noahs Tochter
geweſen? — Was liegt daran? — Und
Plutarch lehrt uns, die älteſte der Sibyllen habe
zuerſt Orakel in Delphos ertheilt. Dieſer Geiſt,
den Sambethe in ihrem Buſen trug, war alſo
kein Teufel, noch ihr Apollo ein falſcher Gott:
denn die Abgötterey begann erſt lange nach der
Sprachenverwirrung: und man würde mit groſſer

ser Unwahrscheinlichkeit dem Vater der Lügen die
heiligen Sibyllinischen Bücher, und alle Beweise
für die wahre Religion zuschreiben, welche die
Kirchenväter daraus gezogen haben. Und dann
mein Kind, fuhr er lachend fort, ziemt es Ihnen nicht die Ehe zu vernichten, welche ein grosser Cardinal zwischen David und der Sibylle ge-
schlossen hat, noch diesen gelehrten Mann anzu-
klagen, daß er einen grossen Propheten mit einer
armseligen Besessenen verband; denn David be-
festigt entweder der Sibylle Zeugnis, oder die
Sibylle schwächt Davids Ansehen. — Ich
bitte Sie mein Herr, reden Sie wider ernst-
haft. —

Das will ich gern, nur klagen Sie mich
nicht an, ich sey es zu sehr. Glauben Sie, der
Teufel sey zuweilen mit sich selbst uneins und
handle gegen seinen eignen Vortheil? — Warum nicht? — Darum nicht, weil es dem Wesen nicht gefällt, das Tertullian so glücklich und
so herrlich die Vernunft Gottes nennt. Satan
ist nicht mit sich selbst uneins worden. Folglich
hat er nie durch Orakel geredet sobald sie zu seinem Nachtheil sind, und das sind sie! —

D 3<space/>Aber

Aber konnte Gott nicht den Teufel zwingen, der
Wahrheit die Ehre zu geben und gegen sich selbst
zu reden? — Gott hat ihn aber nicht gezwungen.—
Wenn das ist, so haben Sie Recht und nicht die
Mönche. —

So hören Sie dann meinen unwiderlegli=
chen ungeschminkten Beweiß. Ich will nicht
die Zeugnisse der Kirchenväter für die Orakel an=
führen, obwol ich überzeugt bin, wie sehr sie
diese grossen Männer verehren. Religion und
Vortheil, den sie daraus zu ziehen hoften, konn=
ten sie verblenden; selbst aus Liebe der Wahr=
heit, die sie in ihrem Jahrhundert so arm und
entblößt sahen, konnten sie zu ihrem Puz ein Ge=
wand oder Schmuck sogar von der Lüge entleh=
nen: sie waren Menschen, und konnten also, nach
dem Ausdruk des Dichters der Synagoge, falsch
Zeugnis reden.

Ich wende mich daher an einen Mann, der
in dieser Sache verdachtlos ist, an einen Heyden,
und nicht von der Art des Lucretius, Lucianus
oder der Epicuräer, an einen Heyden, der Göt=
ter und Teufel ohne Zahl glaubte, über die
Maasse abergläubisch, und ein grosser Zaube=
rer

rer war, oder sich dafür ausgab, folglich die
Teufel eifrig verfocht, an den Porphyrius. Hier
sind einige der Orakel, deren er erwähnt, Wort
für Wort:

Höher als das Feuer des Himmels ist
eine unauslöschliche Flamme, ewig strah-
lend, ewig belebend, die Quelle aller Dinge, und der Ursprung alles dessen, was
ist. Sie bringt alles hervor und verzehrt
es wider. Sie macht sich kund durch sich
selbst, und ist nirgends begränzt, ohne
Körper und Materie umgiebt sie die Himmel, und alles Feuer der Sonne, des Mon-
des und der Sterne ist ein kleiner Funke
von ihr. So viel weiß ich von Gott, und
bist du ein Weiser, so forsche nicht weiter,
denn deine Kräfte vermögen es nicht.
Noch sollst du wissen, der Ungerechte und
Gottlose kann sich vor Gott nicht verbergen. Weder Gewandheit noch Entschul-
digung hintergehen seinen Blick. Alles ist
voll von Gott, Gott ist in allem.

Sie sehen, dies Orakel ist eben nicht teufel-
mäßig — Wenigstens nicht im gewöhnlichen

Cha-

Charakter. — Hier ist ein anderes das noch
lehrreicher ist. —

Das Feuer des Herrn ist unermeßlich,
dennoch fürchte dich nicht ihm zu nahen,
oder von ihm berührt zu werden; seine
sanfte Flamme wird dich nicht verzehren,
denn ihr ruhiger friedlicher Einflus wirkt
die Verbindung, den Zusammenklang und
die Dauer der Welt. Alles besteht durch
dieses Feuer, und dieses Feuer ist Gott.
Er ist nicht erzeugt noch geboren, er weiß
alles und bedarf keines Lehrers, unwan-
delbar ist sein Wille und unauslöschlich
sein Name. Das ist Gott; denn wir seine
Boten, wir sind nur ein kleiner
Theil von Gott.

Nun, was sagen Sie zu dem? — Was
ich gleich anfangs sagte, Gott kann den Vater der Lügen zwingen, Wahrheit zu reden. —
So soll Ihnen ein Drittes allen Zweifel benehmen.

Weh euch ihr Dreyfüsse! Weinet und
haltet Leichenreden eurem Apollo. Er
ist sterblich, er wird sterben, er

e

erlischt; denn das Licht der göttlichen
Flamme verlöscht ihn.

Sie sehen, das Wesen, das durch diese Orakel
redet, das den Heyden Gottes Wesen, Einheit,
Unermeßlichkeit und Ewigkeit darthut, gesteht,
daß es sterblich sey und nur ein Funke von
Gott. Also redet der Teufel nicht, der ist un=
sterblich, und Gott wird ihn nicht zwingen, eine
Lüge zu sagen. Satan ist nie mit sich selbst un=
eins. Wird man ihn aber anbeten, wenn er
lehrt, es sey nur ein Gott? Er nennt sich sterb=
lich: seit welcher Zeit ist der Teufel so demütig,
seinen natürlichen Eigenschaften zu entsagen?
Sie sehen also, wenn es einen Gott giebt, der sich
selbst so gern den Gott der Weisheit nennt, so
kann es der Teufel nicht seyn, der durch die Ora=
kel sprach. —

Aber wenn der Teufel nicht lügt weil es ihm
so gefällt, und sich sterblich nennt, oder gezwun=
gen Wahrheit spricht, wenn er von Gott redet;
wem wird Ihre Cabala alle diese Orakel zu=
schreiben, deren Gewißheit Sie verfechten? Et=
wa den Dünsten der Erde, wie Aristoteles, Ci=
cero und Plutarch? — Gewis nicht! Dank

D 5         sey

sey es der heiligen Cabala, so verblendet ist
meine Einbildungskraft nicht. — Halten Sie
diese Meynung denn für so träumerisch? Sie ist
doch von sehr klugen Leuten angenommen. —
Die in diesem Punkt nicht klug waren, denn wie
kann man das, was sich bey den Orakeln zutrug,
daraus erklären? Tacitus erzählt, den Priestern
im Tempel des Hercules in Armenien sey ein
Mann erschienen, und habe ihnen befohlen, ihre
Jagdpferde bereit zu halten. Bis itzt könnten
es Dünste seyn, aber am Abend kamen die
Pferde ermüdet nach Hause, und ihre Köcher
waren von Pfeilen leer, und am andern Tage
fand man im Walde so viel Thiere erlegt als
Pfeile im Köcher gewesen waren. Diese Wirkung bringen keine Dünste hervor. Noch weniger der Teufel, denn man muß eine sehr unver-
nünftige und uncaballistische Kentnis von dem
Feinde Gottes haben, wenn man ihm die Er-
laubnis zutraut, sich ergözzen und auf die Jagd
gehen zu dürfen. —

Wem also schreibt die heilige Cabala alles
das zu? — Bevor ich Ihnen dies Geheimnis
aufdecke, muß ich Sie zuerst von dem Vorur-
theil

theil heilen, das Sie für diese vorgeblichen Dün=
ste zu haben scheinen. Denn mich deucht, Sie
nannten die Namen Aristoteles, Plutarch, und
Cicero mit Nachdruk. Sie könnten noch den
Jamblichus anführen; dieser grosse Mann hegte
auch eine Zeitlang den Irrthum, aber gab ihn
bald auf, als er die Sache im Buche der My=
sterien näher untersuchte.

Petrus von Apona, Pomponatius, Levi=
nius, Sirenius, und Lucilius Vanino sind
auch froh, diesen Ausweg bey einigen Alten ge=
funden zu haben. Wenn diese so genannten
starken Geister von göttlichen Dingen reden, so
sagen sie vielmehr was sie wünschen, als was sie
wissen. Sie wollen nichts übermenschliches bey
den Orakeln eingestehen, aus Furcht, ein Wesen
annehmen zu müssen, das höher ist als der
Mensch. Sie fürchten, daß man ihnen eine
Leiter vorstelle, die bis zu Gott hinaufführt, sie
scheuen sich, ihn durch die Grade der Geister=
welt zu erkennen, und zimmern sich lieber Staf=
feln, die in die Vernichtung führen. Sie solten
sich zum Himmel aufschwingen, und durchwüh=
len die Erde; wenn sie den Menschen über sich
selbst

felbft erhoben und gleichsam göttlich sehen, so
suchen sie die Ursache davon nicht im höheren
Wesen; ihre Schwachheit gestehet ohnmächtigen
Dünsten die Gewalt zu, in die Zukunft zu drin=
gen, verborgene Sachen zu erforschen, und sich
den höchsten Geheimnissen des göttlichen Wesens
zu nahen.

So elend ist der Mensch, wenn der Geist des
Widerspruchs und die Grille, von andern abzu=
weichen, ihn besizt! Anstatt zum Zweck zu ge=
langen, schmiedet er sich Hindernisse und Fesseln.
Die Freygeister wollen den Menschen keinem
minder materiellen Wesen unterwerfen, und un=
terwerfen ihn einem Dunst. Sie bedenken nicht,
wie wenig dieser chimärische Hauch mit der Seele
des Menschen übereinstimt, dieser Dunst mit der
Zukunft, diese nichtige Ursache mit einer wun=
derbaren Wirkung; sie begnügen sich, sonderbar
zu seyn, um sich für vernünftig zu halten; sie
sind zufrieden, Geister zu läugnen und Freygeister
zu spielen. —

Also mißfällt Ihnen das, was sonderbar
ist? — Ach mein Sohn, es ist die Pest des
gesunden Menschenverstandes, und ein Stein
des

des Anstoßes für die größten Gelehrten! Aristo=
teles ist ein großer Logiker, dennoch kont' er die
Falle nicht vermeiden, welche die Grille der
Sonderbarkeit allen denen stellt, die sie so mäch=
tig beherrscht, als ihn; er hat sich selbst verwi=
ckelt und widerlegt. Im Buch von der Erzeu=
gung der Thiere und in seiner Moral behauptet
er, der Verstand und die Sinne des Menschen
kommen von oben herab, und seyen nicht das Werk
seines Vaters: und aus der Geistigkeit der Wir=
kungen unsrer Seele schließt er, sie sey von ei=
nem andern Stoff als diese materielle Zusam=
mensetzung, welche sie belebt, und deren Schwehre
die Ideen niederdrükt, und also weit entfernt ist,
hervorzubringen.

Blinder Aristoteles, wenn, wie du sagst,
unsre materielle Masse nicht die Quelle der Ge=
danken unsers Geistes seyn kann, woher wähnst
du denn, daß ein schwacher Dunst erhabne Ge=
danken bewirken, und die Pythier zu Orakel=
sprüchen empor tragen könne? Sie sehen, die=
sen starken Geist führt seine Sonderbarkeit
irre. — Sie haben sehr recht mein Herr;
(ich war sehr froh ihn vernünftig reden zu hö=
ren,

ren, und hofte seine Narrheit solte nicht unheil-
bar seyn) gebe Gott —

Plutarch ist sonst sehr gründlich, aber in seinem Gespräch, warum die Orakel aufgehört haben, erregt er mein Mitleid. Er läßt sich die
unerheblichsten Einwürfe machen, ohne sie zu
widerlegen. Warum antwortet er nicht: wenn
Dünste diese Begeisterung verursachten, so würden
sie alle ergreifen die sich dem weissagenden Drey-
fuß nahen, und nicht blos eine einzige reine
Jungfrau. Aber wie kann dieser Dunst durch
den Bauch Worte hervorbringen? Uebrigens
ist der Dunst natürlich und nothwendig, erregt
er beständig die nemliche Wirkung, warum wird
die Jungfrau nur bewegt wenn man sie um
Rath fragt? Und dies ist die wichtigste Frage,
warum hat die Erde aufgehört diesen göttlichen
Hauch zu athmen? Ist sie weniger Erde als sie
war? Hat etwas anders einen Einfluß auf
sie? Tränkt sie ein andres Meer und andre Flüsse?
Wer hat ihre Adern verstopft und ihre Natur ver-
ändert?

Ich bewundere den Pomponatius, Lucilius
und andere Freygeister; sie haben Plutarchs
Mey-

Meynung angenommen, aber seine Erklärung
verlassen. Sie war weislicher als die des Cicero
und Aristoteles; nachdem der billige Mann lange
zwischen allen Auslegungen geschwankt hat, hält
er endlich diesen Hauch der Erde für einen göttlichen Geist: und so schrieb er der Gottheit alle
Regungen und ausserordentliche Erleuchtungen
der Apollinischen Priesterinnen zu. Dieser
Wahrsagerdunst, sagt er, ist der Hauch eines göttlichen und heiligen Geistes.

Pomponatius, Lucilius und die neueren Gottesläugner finden kein Behagen an diesem Ausdruk, der eine Gottheit voraussezt. Sie behaupten, diese Dünste wären von der Art, welche
die Gallsüchtigen plagen. Auch die reden Sprachen, die sie nicht verstehen.

Aber Ferael widerlegt diese Gottlosen sehr
gut, und beweist ihnen: die Galle sey ein hu-
mor peccans, und könne unmöglich diese Ver-
schiedenheit der Sprachen hervorbringen, welche
dem Beobachter eine der wunderbarsten Erscheinungen ist, noch unsre Gedanken künstlich dar-
stellen. Dennoch ist seine Entscheidung sehr un-
vollkommen, weil er dem Psallus und denen folgt,

die

die in ånfre heilige Philofophie nicht tief genug
eingedrungen find. Da er die Urfache fo befrem-
dender Wirkungen nicht anzugeben weiß, fo
macht er es wie die Weiber und Mönche, und
fchreibt fie dem Teufel zu. — Wem foll er fie
denn zufchreiben? Ich erwarte dies Cabaliftifche
Geheimnis fchon lange. —

Plutarch war auf der rechten Fährte und
hat fie verlaffen. Diefe fonderbare Art, durch
ein unanftändiges Organ zu reden, ift für die
Götter nicht ernfthaft genug, noch ihrer Maje-
ftät würdig, fagt der Heyde, aber was die Orakel fagen übertrift auch die Kräfte der menfchli-
chen Seele: alfo haben die der Philofophie einen
groffen Dienft geleiftet, welche fterbliche Gefchö-
pfe zwifchen Göttern und Menfchen annehmen,
denen man alles zufchreiben kann, was die
menfchliche Schwachheit übertrift und der göttlichen Gröffe nicht beykommt.

Dies war die Meynung der ganzen alten Philofophie. Die Platoniker und Pythagoräer
hatten fie von den Egyptern, und diefe vom Jo-
feph dem Erretter, und den Hebräern die vor
dem Durchgang über das rothe Meer bey ihnen
wohn-

wohnten. Die Hebräer nannten diese Wesen zwi=
schen den Engeln und Menschen, Sadaim; die
Griechen versezten die Sylben und fügten einen
Buchstaben hinzu, Daimonas. Diese Daemo=
nen sind bey den alten Philosophen ein luftiges
Volk, das die Elemente beherrscht, sterblich ist,
sich fortpflanzt, und in diesem Jahrhundert
verkant wird, welches die alte Wohnung der
Wahrheit nicht sucht; ich meine die Cabala und
die Gotteslehre der Hebräer, denen die seltene
Kunst eigenthümlich war, sich mit diesen Bewoh=
nern der Luft zu unterhalten. —

Kommen Sie etwa wider auf Ihre Syl=
phen? — Ja mein Sohn! Der Theraphim
der Juden war eine Ceremonie, die man blos
zu diesem Umgang gebrauchte: und der Jude
Micha im Buch der Richter, welcher den
Raub sein Götter beklagt, weint nur über
den Verlust der kleinen Bildsäule, worin sich die
Sylphen mit ihm besprachen. Die Götter, wel=
che Rahel ihrem Vater entwandte, waren auch
ein Theraphim. Micha und Laban werden der
Abgötterey nicht bezüchtigt: noch würde Jacob
vierzehn Jahr lang bey einem Götzendiener ge=

wohnt

wohnt oder seine Tochter zum Weibe genommen
haben? Die Rede ist nur von einer Verbindung
mit Sylphen, und wir wissen durch Tradition,
die Synagoge erlaubte diese Verbindung; der
Göze des Weibes Davids war ein Theraphim,
durch dessen Kraft sie sich mit den elementarischen Völkerschaften unterhielt. Sie können leicht
denken, der Mann nach dem Herzen Gottes
hätte in seinem Hause keinen Gözendienst ge-
duldet.

So lange Gott zur Strafe des Sündenfal-
les das Heil der Welt vernachläßigte, fanden
diese Völker der Elemente Vergnügen daran,
den Menschen in Orakeln zu erklären was sie
von Gott wusten; ihnen zu zeigen wie man mo-
ralisch leben müsse; ihnen weise und nüzliche
Rathschläge zu geben, wie man häufig im Plutarch und allen Geschichtschreibern findet. Sobald Gott sich der Welt erbarmte und selbst ihr
Lehrer werden wollte, zogen sich diese kleinen
Meister zurük. Daher rührt das Stillschweigen
der Orakel. —

Aus Ihrer ganzen Rede folgt also, daß es
wirklich Orakel gab, daß die Sylphen sie er-
theil-

theilten, und selbst noch täglich in Gläsern und
Spiegeln ertheilen? — Sylphen oder Salamander, Gnomen oder Najaden. — Wenn
das ist, so haben alle Bewohner der Elemente
gleichen Mangel der Rechtschaffenheit. —
Warum? — Kann etwas betrüglicher seyn,
als die doppelsinnigen Antworten die sie jederzeit gaben? — Jederzeit! Wahrhaftig nicht.
Sprach die Sylphide dunkel, welche einem Römer in Asien erschien, und ihm verkündigte, er
werde einst als Proconsul zurükkehren? Und
sagt nicht Tacitus die Weissagung sey erfüllt?
In der Spanischen Geschichte sind eine Inschrift
und Bildsäulen berühmt, wodurch der unglükliche König Roderich erfuhr, daß Männer wie
sie gekleidet und bewafnet seine Neugier und Un-
enthaltsamkeit strafen, Spanien erobern und
lange behalten würden. Konnte etwas klarer
seyn, und erfolgte es nicht noch in dem nemlichen Jahre. Warfen die Mohren diesen weibi-
schen Fürsten nicht vom Thron? Sie wissen ja
die Geschichte, und sehen wol, daß der Teufel, der
seit dem Reich des Messias nicht über die Kö-
nigreiche schaltet, nicht der Urheber dieses Ora-

kels

fels seyn kann; sondern daß es sicherlich ein
grosser Cabalist war, der es von einem sehr gelehrten Salamander erfahren hatte. Denn die
Salamander lieben die Keuschheit sehr, und be-
lehren uns also gern von Unglüksfällen, die die
Welt betreffen, wenn sie gegen diese Tugend ver-
stößt. —

Aber finden Sie das seltsame Sprachrohr,
dessen sie sich bedienten um ihre Moral zu predigen, sehr keusch und der cabalistischen Scham-
haftigkeit würdig? — Wahrhaftig Ihre Einbildungskraft verführt sie, die physische Ursache nicht zu sehen, warum der entflammte Salamander natürlicherweise an feurigen Orten
wohnt, und die anziehende Kraft — Ich verstehe, und überhebe Sie einer weitläuftigern
Erklärung. —

Wenn aber einige Orakel dunkel sind, warum nennen Sie das betrüglich? Ist nicht Finsternis der Wahrheit gewöhnliches Kleid? Be-
dekt sich Gott nicht selbst mit ihrem dichten
Schleyer? Ist nicht das immerwährende Orakel das er seinen Kindern hinterließ, die heilige
Schrift, in eine anbetungswürdige Dunkelheit
gehüllt,

gehüllt, welche die Hoffärtigen irre führet und
zerstreuet, indes ihr Licht den Demüthigen
leuchtet?

Wenn Sie nur diese Besorgnis haben, so
rathe ich Ihnen, nicht länger anzustehen, sich
mit den Völkern der Elemente zu verbinden.
Sie werden sie sehr rechtschaffen, gelehrt, wohl-
thätig, und gottesfürchtig finden. Ich dächte,
Sie fingen mit den Salamandern an, denn Sie
haben einen himmlischen Mars in Ihrer Nativität, das heißt, in allen Ihren Handlungen ist
viel Feuer. Und wollen Sie heyrathen, so nehmen Sie eine Sylphide, Sie werden glüklicher
mit ihr seyn, als mit jeder andern: denn an der
Spizze Ihrer aufsteigenden Linie ist Jupiter, den
Venus im Sextil betrachtet.

Jupiter aber ist das Oberhaupt der Luft und
ihrer Völkerschaften. Doch müssen Sie Ihr
Herz darüber zu Rathe ziehen, denn, wie Sie einst
erkennen werden, der Weise handelt nach innern
Gestirnen, und die Sterne des äussern Himmels
dienen nur dazu, ihm die Aspekten des innern
Himmels zu deuten, der in jedem Geschöpf ist.
Also entdecken Sie mir izt Ihre Neigung, damit

E 3                              wir

wir zur Verbindung mit den elementarischen
Völkern schreiten, die Ihnen am meisten gefal=
len. — Die Sache denk' ich, erfordert Ueber=
legung. — Diese Antwort macht Sie mir
wehrter. (Er legte die Hand auf meine Schul=
ter.) Ueberlegen Sie alles reiflich mit dem
Engel des grossen Raths, beten Sie morgen
zwey Stunden, nach Mittag werd' ich bey Ih=
nen seyn.

Wir kehrten nach Paris zurük, unterweges
bracht' ich ihn auf die Gottesläugner und Frey=
geister. Nie habe ich so vernünftig und erhaben
das Daseyn Gottes und die Blindheit derer be=
weisen hören, die ihr Leben verschwenden, ohne
sich gänzlich dem ernsten und beständigen Dienst
dessen zu widmen, der unser Wesen schuf und
erhält. Ich war erstaunt. Welch ein Mann!
Ist es möglich, Stärke und Schwäche, Liebens=
würdigkeit und Lächerlichkeit so genau zu ver=
einigen?

------

### 4.

Ich erwartete den Grafen von Gabalis zur
bestimten Stunde auf meinem Zimmer. Er kam
und

und grüßte mich freundlich. Nun wolan, für welche unsichtbare Völkerschaft flößt Ihnen Gott den meisten Hang ein, womit wollen Sie sich am liebsten verbinden, mit einer Salamandrin Gnomide, Nymphe oder Sylphide? — Noch ist meine Vermälung nicht ganz beschlossen. — Woran liegt es denn noch? — Aufrichtig zu sagen meine Einbildungskraft ist beunruhigt, sie stellt mir diese vorgeblichen Gäste der Elemente immer als Teufelchen vor. — O Herr und Vater des Lichts, zerstreue die Finsterniß, womit Unwissenheit und verkehrte Erziehung den Geist deines auserwählten Rüstzeuges, den du selbst mir offenbaret hast, gefangen hält! Und o mein Sohn! verschleuß der kommenden Wahrheit den Weg nicht, und sey gelehrig. Aber nein, die Wahrheit bedarf nicht, daß ihr eine Bahn gebrochen werde, sie sprengt durch eiserne Thore und überwältigt die Pforten der Lüge. Was können Sie ihr entgegen stellen? Ist es Gott unmöglich, in den Elementen solche Wesen zu schaffen, als ich Ihnen geschildert habe? — Ich untersuche nicht die Möglichkeit der Sache selbst; nicht, ob ein Element Blut und Fleisch

E 4 und

und Knochen erzeugen kann, ob es ein Tempe-
rament ohne Mischung, Wirkung ohne Gegen-
gewicht giebt: ich gebe zu, Gott konte das alles
erschaffen; womit beweisen Sie daß er es
that? —

Durch die deutlichste Ueberzeugung wenn
Sie es verlangen. Ich will die Sylphen des
Cardanus hervorrufen, ihr eigener Mund soll
Ihnen sagen wer Sie sind, und meine Lehre wi-
derholen. — Um alles in der Welt nicht, spa-
ren Sie diesen Beweis, bis ich gewiß bin, daß
diese Geschöpfe nicht Gottes Feinde sind: denn
bis dahin will ich lieber sterben, als mein Gewissen mit einer Sünde beladen. —

Das, das ist die Unwissenheit und die falsche
Frömmigkeit dieser Zeit! Warum löscht man
denn aus dem Calender der Heiligen nicht den
gröſten Einsiedler aus, und verbrennt seine
Bildsäulen oder schmäht seine Asche nicht, und
streut sie in den Wind, gleich der Asche der Miſſe-
thäter, welche einer Verbindung mit dem Teufel
geziehen werden? Hat er je die Sylphen weg-
gebannt? Ging er nicht mit ihnen um als mit
Menschen? Was kann Ihre Bedenklichkeit,
was

was können Ihre elenden Lehrer allesamt dar=
auf antworten? War der Sylphe, der sich mit
diesem Patriarchen unterredete, auch nach Ihrer
Meynung ein Teufelchen? Sprach dieser un=
vergleichliche Mann mit einem Poltergeist über
das Evangelium? Werden Sie ihn anklagen,
die anbetungswürdigen Mysterien dadurch ent=
weiht zu haben, daß er sich mit einem Phan=
tom und Feinde Gottes davon unterhielt? Atha=
nasius und Hieronymus sind also des großen
Ruhms bey Ihren Gelehrten nicht werth, weil
sie mit so viel Beredsamkeit das Lob eines Man=
nes geschrieben haben, der gegen die Teufel so
menschenfreundlich war. Wenn sie diesen Syl=
phen für einen Teufel hielten, so mußten sie von
der Sache schweigen, oder die Predigt im Geist
zurückhalten, oder wenigstens die Anrede des ei=
frigen und leichtgläubigen Einsiedlers (so müssen
Sie ihn sich denken) an Alexandrian: hielten
sie aber diesen Sylphen, seiner Versicherung
gemäs, für ein Geschöpf, das so gut an der Er=
lösung Theil hat, als wir; war diese Erschei=
nung, nach ihrer Meynung, eine ausserordent=
liche Gnade Gottes gegen den Heiligen, dessen

Leben

Leben sie beschreiben; wer darf sich alsdann an-
maßen gelehrter zu seyn als Athanasius und Hieronymus, und heiliger als der göttliche Antonius? Was hätten Sie diesem Wundermanne
geantwortet, wären Sie in der Zahl der zehn-
tausend gewesen, denen er diese Unterredung mit
dem Sylphen berichtete? Weiser und aufgeklärter als alle diese irdischen Engel, hätten Sie
dem heiligen Abt vorgestellt, seine ganze Begebenheit sey ein Traum; und seinem Schüler Athanasius gerathen, der ganzen Erde eine Geschichte
zu verbergen, die der Religion, der Philosophie, und der gesunden Vernunft widerspreche.
Nicht wahr? —

Ich wünschte freylich, man hätte nichts, oder
mehr gesagt. — Athanasius und Hieronymus
konnten nicht mehr sagen, als sie wußten; und hätten sie alles gewußt, doch gebührt dieses Vorrecht
nur uns, sie würden nicht keklich die Geheimnisse der Weisheit Preis gegeben haben. —
Aber warum trug der Sylphe dem heiligen Antonius nicht an, was Sie mir antragen? — Der
Graf lächelte. Sich zu verbinden? Das wäre
die rechte Höhe gewesen? — Sicherlich hätte
der

der gute Mann den Vorschlag nicht angenommen. — Das glaub' ich; wer sich in dem Alter vermählt und Kinder begehrt, versucht Gott. — Wie? Verheyrathet man sich mit Sylphiden um Kinder zu zeugen? — Kennen Sie einen andern erlaubten Zweck? — Ich glaubte nicht, daß man auf Nachkommenschaft Anspruch mache, die Unsterblichkeit der Sylphiden, meynt' ich, sey alles in allem. —

Sie haben Unrecht; die Milde der Philosophen läßt sie die Unsterblichkeit der Sylphiden begehren, aber die Natur läßt sie ihre Fruchtbarkeit wünschen. Sie können diese philosophischen Familien in der Luft sehen, wenn Sie 'wollen. Wie glücklich wäre die Welt, wenn es nur solche Geschlechter gäbe, und keine Kinder der Sünde! — Was nennen Sie Kinder der Sünde? — Alle die auf dem gewöhnlichen Wege erzeugt sind, nach dem Willen des Fleisches, und nicht nach dem Willen Gottes, Kinder des Zorns und des Fluchs, mit einem Wort Kinder des Mannes und Weibes. Ich weiß was Sie mir einwenden wollen. Wissen Sie, es war nie der Wille des Herrn, daß

Mann

Mann und Weib Kinder haben sollten, wie sie sie haben. Die Absicht des hochweisen Baumeisters war viel edler, er wollte die Welt ganz anders bevölkern als wir sie sehen. Hätte der unglükliche Adam Gottes Befehl, Eva unberührt zu lassen, nicht gröblich übertreten: hätte er sich an allen übrigen Früchten des Gartens der Wollust, an allen Schönheiten der Nymphen und Sylphiden begnügt; so hätte die Welt nicht die Schande, sich mit so unvollkommenen Menschen erfüllt zu sehen, mit Ungeheuern gegen die Kinder der Weisen! —

Wie mein Herr, also glauben Sie, Adam habe eine andre Sünde begangen, als daß er vom Apfel aß? — Sind Sie so einfältig die Apfelgeschichte buchstäblich zu nehmen? Wissen Sie nicht, daß die heilige Sprache sich dieser unschuldigen Gleichnisse bedient, um die unzüchtige Vorstellung einer Handlung von uns zu entfernen, welche alles Elend des menschlichen Geschlechts verursacht? Wenn Salomo sagt: ich will auf den Palmbaum steigen, und seine Zweige schütteln, so gelüstet ihn wahrhaftig nicht nach Datteln. Diese Sprache, welche
die

die Engel heiligen, und sich ihrer zum Preise des
lebendigen Gottes bedienen, hat keinen Ausdruk
für das, was sie bildlich Apfel und Dattel nennt.
Aber der Weise durchschaut den Vorhang der
Keuschheit gleich. Eva's Geschmack und Mund
werden nicht gestraft, aber sie gebiert mit
Schmerzen: daraus erkennt er, daß nicht ihr
Geschmack strafbar war. Daran erkennt er die
erste Sünde, daß die ersten Sünder gewisse
Theile ihres Leibes sorglich mit Blättern bede=
cken. Daraus schließt er, es sey Gottes Wille
nicht gewesen, daß sich die Menschen auf diesem
niedrigen Wege vermehren sollten. O Adam du
solltest nur Menschen erzeugen nach deinem Bilde,
oder Helden und Riesen! —

Stand dieser Wunderzeugungen eine in sei=
ner Macht? — Wenn er Gott gehorchte, und
nur Nymphen, Gnomiden, Sylphiden oder
Salamandrinnen berührte, dann ward er der
Stammvater von Helden, und die Welt voll
wunderthätiger, starker und weiser Männer.
Um uns den Abstand ermessen zu lassen, der zwi=
schen einer so unschuldigen und dieser schuldigen
Welt ist, erlaubt Gott von Zeit zu Zeit, daß
Kin=

Kinder von der Stärke geboren werden die seine
Absicht war. — Also hat man zuweilen Kinder der Elemente gesehen? Hat der Licentiat der
Sorbonne Unrecht, der mir neulich den heiligen
Augustinus, Hieronymus, und Gregorius Na-
zianzenus anführte, zum Beweise daß die Liebe
der Geister gegen unsre Weiber unfruchtbar sey,
so wie die unsrige gegen gewisse Dämonen, die
er Hyphialets nannte. —

Lactantius versteht das Ding besser, und
der gründliche Thomas Aquinas erörtert sehr
gelehrt, daß nicht nur diese Verbindungen frucht-
bar, sondern die daraus erzeugten Kinder edler
und heroischer sind. Sie können von den hohen
und mächtigen Thaten dieser Leute im Moses lesen, in den Büchern von den Kriegen des Herrn,
Numer. Cap. 23. Urtheilen Sie selbst: was
wäre die Welt, wenn lauter Zoroaster sie bewohnten? — Zoroaster erfand ja die Schwarz-
kunst? — So verläumdet ihn die Unwissenheit.
Er hatte die Ehre, der Sohn des Salamanders
Oromasis zu seyn, von der Vesta, dem Weibe des
Noah. Er regierte zwölfhundert Jahr als der
weiseste Monarch der Welt, dann erhob ihn sein
Va-

Vater Dromasis zu dem Wohnsiz der Salaman=
der. — Ich zweifle nicht, daß Zoroaster und
Dromasis der Salamander in der Wohnung des
Feuers sind; aber ich mögte nicht, wie Sie, den
Noah beschimpfen.

Die Beschimpfung ist so groß nicht, wie Sie
glauben. Alle Patriarchen hielten es sich zu grof=
ser Ehre, Väter der Söhne zu scheinen, welche
die Kinder Gottes ihren Weibern machten, aber
die Speise ist Ihnen noch zu stark. Auf Droma=
sis und Vesta zurükzukommen, die lezte war nach
ihrem Tode der Schuzgeist Roms, und befahl
den Jungfrauen, sorglich über das heilige Feuer
zu wachen, zur Ehre ihres geliebten Salaman=
ders. Noch erzeugte der mit ihr eine Tochter
von seltner Schönheit und ausserordentlicher
Weisheit, die göttliche Egeria, von der Numa
alle seine Gesezze erhielt. Sie verband diesen
Numa, den sie liebte, ihrer Mutter Vesta einen
Tempel zu bauen, und heiliges Feuer zu Ehren
ihres Vaters Dromasis darin zu bewahren. Das
ist die Wahrheit der Fabel, womit sich die rö=
mischen Dichter und Geschichtschreiber von der
Nymphe Egeria tragen. Wilhelm Postel weiß
am

am meisten unter allen, welche die Cabala aus ge=
wöhnlichen Büchern studirt haben. Er wuste, daß
Vesta Noah's Weib war, aber daß Egeria ihre
Tochter war, wußte er nicht; er hat die gehei=
men Bücher der alten Cabala nicht gelesen, de=
ren Abschrift der Prinz von Miranda so theuer
bezahlte; er wirft alles unter einander, und hält
Egerien für Vesta's Schuzgeist. Diese Bücher
lehren uns: Egeria sey auf dem Wasser empfan=
gen worden, auf den rächerischen Fluten, die die
Welt überschwemmten und Noah verschonten.
Damals gab es keine Weiber als die sich in die
cabalistische Arche gerettet hatten, welche dieser
zweyte Vater der Welt erbaute. Dieser grosse
Mann beseufzete das entsezliche Strafgericht des
Herrn, über Missethaten, welche Adams Liebe zu
seiner Eva veranlaßt hatte; und sahe, Adam
habe seine Nachkommenschaft verloren, weil er
Eva den Töchtern der Elemente vorzog, und sie
der Liebe der Salamander und Sylven entriß.
Noah ward durch dies traurige Beyspiel weiser,
und erlaubte seinem Weibe, sich dem Salaman=
der Oromasis, dem Fürsten des Feuers, zu erge=
ben; auch beredete er seine drey Söhne, ihre drey
Wei=

Weiber den Fürſten der drey andern Elemente
zu überlaſſen. Bald ward die Welt mit Helden
erfüllt, die ſo weiſe, ſo ſchön und bewunderns-
würdig waren, daß die Nachkommenſchaft, über
ihre Tugenden erſtaunt, ſie für Götter hielt.
Einer von Noahs Söhnen war dem Rath-
ſchluß ſeines Vaters ungehorſam, und konnte
den Reizen ſeines Weibes ſo wenig widerſtehen,
als Adam der Schönheit ſeiner Eva: aber wie
Adams Sünde alle Seelen ſeiner Nachkommen
ſchwarz gemacht hatte, ſo zeichnete Hams wenige Gefälligkeit gegen die Sylphen ſeine ganze
ſchwarze Nachkommenſchaft. Daher, ſagen
unſre Cabaliſten, rührt die abſcheuliche Farbe
der Aethiopier, und aller der ſcheuslichen Völ-
kerſchaften, welche die heiſſe Zone bewohnen
müſſen, zur Strafe der unheiligen Glut ihres
Vaters. —

Ich erſtaunte über die ſeltſamen Ausſchwei-
fungen dieſes Mannes. — Das iſt eine ſonderbare
Geſchichte, und Ihre Cabala erhellet das Alterthum auf eine wundernswürdige Art. — Wundernswürdig! ſagte er ernſthaft, und ohne ſie iſt
Schrift, Geſchichte, Fabel und Natur dunkel

und

und unverständlich. Sie glauben zum Exempel,
Ham habe seinen Vater so beleidigt, wie es die
Buchstaben geben? Warlich, die Sache verhält
sich ganz anders. Als Noah die Arche verließ,
und sahe, daß sein Weib durch den Umgang mit
ihrem geliebten Oromasis immer schöner ward,
entbrannte er von neuem in sie. Ham befürch=
tete, sein Vater mögte gleichfalls die Erde mit
so schwarzen Kindern bevölkern als die Aethio=
pier sind, daher paßte er die Zeit ab als der gute
Alte weintrunken war, und verschnitt ihn ohn'
Erbarmen. — Sie lachen? —

Ueber Hams unbedachtsamen Eifer. — Be=
wundern Sie vielmehr die Grosmuth des Sala=
manders Oromasis. Die Eifersucht hielt ihn
nicht ab, seinen unglüklichen Mitbuhler zu be=
dauren. Er lehrte seinen Sohn Zoroaster, der
auch Japhet heißt, den Namen des allmächti=
gen Gottes, welcher seine ewige Fruchtbarkeit
ausdrükt. Japhet sprach sechsmal, abwechselnd
mit seinem Bruder Sem, indem sie sich rüklings
dem Patriarchen näherten, den furchtbaren Na=
men Jabamiah, und sie stellten den Greis
wider her. Die Griechen verstanden diese Ge=
schichte

schichte falsch, daher erzählen sie, der älteste der
Götter sey von einem seiner Söhne verschnitten,
aber dies ist die Wahrheit. Daraus können Sie
sehen, wie viel menschlicher die Moral der Völker des Feuers ist, als die unsrige; selbst als die
Moral der Völker der Luft oder des Wassers;
denn die sind grausam eifersüchtig, wie der göttliche Paracelsus zeigt in einer Geschichte, die er
erzählt, und von der die ganze Stadt Stauf-
fenberg Augenzeuge war. Ein Philosoph, mit
dem eine Nymphe in Unsterblichkeitstractaten
stand, war so treulos eine Frau zu lieben. Wie
er mit seiner neuen Gebieterin und einigen
Freunden am Tisch saß, sah man in der Luft die
schönsten Lande der Welt. Die unsichtbare Geliebte
zeigte sie den Freunden ihres Ungetreuen, damit
sie sähen wie sehr Unrecht er thäte, ihr eine Frau
vorzuziehen, und tödtete ihn alsdann auf der
Stelle. —

Ha! rief ich aus, das könnte mir alle Lust zu
so empfindlichen Liebhaberinnen benehmen. —
Ich gestehe, ihre Empfindlichkeit ist etwas heftig. Aber wenn wir sehen, daß unter uns auf-
gebrachte Weiber ihre meineydigen Liebhaber

F 2 ster-

sterben lassen, so darf man sich nicht wundern,
daß so schöne und treue Liebende zürnen, wenn
man sie verräth; um so mehr da sie vom Manne
nur verlangen, daß er sich der Weiber enthalte,
deren Fehler sie nicht ertragen können, und ihm
erlauben, unter ihren Gespielinnen so viele zu lieben, als ihm gefällt. Deren Vortheil und Unsterblichkeit ziehen sie ihrer eigenen Zufriedenheit
vor, und mögen wol, daß die Weisen dem Staat
so viel unsterbliche Kinder geben, als in ihren
Kräften ist. —

Aber woher sind Beyspiele von dem, was
Sie mir erzählen, so selten? — Es sind ihrer viel, aber man achtet ihrer nicht, oder glaubt
ihnen nicht, oder deutet sie falsch, weil man unsre Grundsäzze nicht kennt. Man schreibt den
Teufeln alles zu, was man den Bewohnern der
Elemente zuschreiben sollte. Ein kleiner Gnome war der Geliebte der berühmten Magdalena
del Croce, Aebtissin eines Klosters zu Cordova
in Spanien; sie machte ihn glüklich in ihrem
zwölften Jahr, und sie sezten ihren Umgang fort
bis ins dreyßigste. Ein unwissender Beichtva-
ter überredet Magdalenen, ihr Geliebter sey ein

Pol-

Poltergeist, und legt ihr auf, Ablaß bey Pabst
Paul dem dritten zu suchen. Unterdessen war es
unmöglich der Teufel: denn ganz Europa erfuhr,
und Cassiodorus Rennus lehrte die Nachwelt das
Wunder, das sich alle Tage zu Gunst der heiligen Jungfrau zutrug; welches warlich nicht
geschehen seyn würde, wäre ihr Umgang mit dem
Gnomen so teufelmässig gewesen, als Seine Hoch-
würden sich einbildeten. Ich müste mich sehr
irren, wenn er nicht kühnlich behauptet hätte,
der Sylphe der sich bey der jungen Gertrude,
einer Nonne aus dem Kloster Nazareth im Cöl-
nischen Sprengel, unsterblich machte, sey ein
Teufel. — Sicherlich, und ich glaub' es
auch. — Ha! wenn das ist, so ist der Teufel
nicht unglüklich wenn er um ein Mägdchen von
dreyzehn Jahren buhlen, und solche Liebesbriefe
aufsezzen darf, als man in ihrem Schreibpult
fand.

Glauben Sie mir, der Teufel hat in den
Gefilden des Todes traurigere Beschäftigungen,
die dem Hasse des unbeflekten Gottes gemässer
sind; aber so verschließt man sich willkührlich
die Augen. Man findet zum Beyspiel im Livius,

F 3

Romu=

Romulus sey ein Sohn des Mars. Die Freigeister sagen, es ist ein Mährchen; die Gottesgelehrten, er ist der Sohn eines Diaboli incubi; die Lustigmacher, Fräulein Sylvia hatte einen Fehltritt begangen, und wollte ihn dadurch zudecken, daß sie einen Gott als Mitschuldigen nannte. Wer aber die Natur kennt, wen Gott aus der Finsternis zu seinem wunderbaren Licht berufen hat, der weiß, daß dieser vorgebliche Geist ein Salamander war, der, von Sylviens jugendlichen Reizen entzükt, sie zur Mutter des grossen Romulus machte, eines Helden, der nach Begründung seiner Königsstadt von seinem Vater in einem feurigen Wagen hinweggenommen ward, wie vor ihm Zoroaster durch den Dromasis.

Ein anderer Salamander war Vater des Servius Tullius. Livius, durch die Aehnlichkeit verführt, nennt ihn den Gott des Feuers, und die Unwissenden urtheilen über ihn, wie über den Vater des Romulus. Der berühmte Hercules, der unüberwindliche Alexander, waren Söhne des ersten Sylphen. Die Geschichtschreiber die den nicht kannten, sagten, Jupiter sey ihr Vater.

Sie

Sie sagten Wahrheit, denn, wie Sie wissen, warfen sich diese Sylphen, Nymphen und Salamander zu Gottheiten auf. Die Geschichtschreiber hielten sie dafür, und nennen ihren Stamm Götterkinder.

Dieser Abkunft waren der göttliche Plato, der göttlichere Apollonius von Thyana, Hercules, Achill, Sarpedon, der fromme Aeneas, und der berühmte Melchisedek; denn wissen Sie, wer Melchisedeks Vater war? — Wahrhaftig nicht, so wenig als der heilige Paulus! — Es sagt, sezzen Sie hinzu, denn es war ihm nicht erlaubt, Geheimnisse der Cabala zu entdecken; aber er wuste wol, daß Melchisedeks Vater ein Sylphe war, und der König von Salem durch Sems Weib in der Arche empfangen ward. Dieses Hohenpriesters Art zu opfern war die nehmliche, welche seine Muhme Egeria den König Numa lehrte, sowohl als die Anbetung einer obersten Gottheit ohne Bild oder Gleichnis. Als daher die Römer bald nachher Gözzendiener wurden, verbrannten sie Numa's heilige Bücher aus Egeriens Munde geschrieben. Der Römer erster Gott war ein wahrer Gott. Ihr Got-

tes-

tesdienſt war ächt. Sie opferten dem Oberherrn
der Welt Brod und Wein, aber in der Folge
ward alles verkehrt, doch unterließ Gott nicht,
aus Erkenntlichkeit gegen dieſen erſten Dienſt, der
Stadt die ſeine Uebermacht erkannt hatte, die
Herrſchaft der ganzen Welt zu geben. Eben
dieſes Opfer Melchiſedeks — Laſſen Sie dieſem
Melchiſedek den Sylphen der ihn erzeugte, ſeine
Muhme Egeria, und das Opfer des Wein's und
Brods. Die Beweiſe ſcheinen mir ein wenig weit
hergeholt; friſchere Neuigkeiten wären mir ge=
legner. Ich erinnere mich, daß man einem
Gelehrten die Frage vorlegte, was aus den Ge=
fährten des Satyrs geworden ſey, der dem hei=
ligen Antonius erſchien, und den Sie einen Syl=
phen nennen; er antwortete, ſein ganzes Ge=
ſchlecht iſt ausgeſtorben. Also ſind vielleicht die
Bewohner der Elemente umgekommen, weil Sie
ihre Sterblichkeit eingeſtehen, und wir keine
Nachricht von ihnen haben. —

Der Graf war bewegt. — Ich bitte Gott,
dem nichts unbewußt iſt, daß er nichts von ei=
nem Unwiſſenden wiſſen möge, der ſo dreiſt über
das entſcheidet was er nicht weiß! Gott ver=

damme

damme ihn und alle die ihm gleichen! Woher
weiß er, daß die Elemente wüste liegen, und ihre
wunderbaren Völkerschaften vernichtet sind?
Gäbe er sich nur ein wenig Mühe die Geschichte
zu lesen, und schriebe nicht nach alter Weiber
Weise alles dem Teufel zu, was seiner chimärischen Naturlehre zu hoch ist; so würde er jederzeit und überall die Beweise meiner Rede
finden.

Was könnte er zum Beyspiel gegen die aus-
gemachte Begebenheit einwenden, die sich vor
kurzem in Spanien zutrug? Eine schöne Sylphide war die Geliebte eines Spaniers, lebte
drey Jahre mit ihm, gebahr ihm drey schöne
Kinder und starb. War das auch ein Teufel?
Kann ein Gelehrter so denken? Welche Physik
erlaubt dem Teufel, sich den Leib eines Weibes zu
geben, zu empfangen, zu gebähren, und zu
säugen? Wo ist in der heiligen Schrift eine
Beweisstelle für die ausschweifende Macht, welche Ihre Gottesgelehrten in diesem Fall dem
Teufel zugestehen müssen? Oder welchen wahr-
scheinlichen Grund hat Ihre schwache Physik dafür? Der Jesuit Delrio erzählt ohne Falsch und

F 5                                    ein-

einfältig solcher Begebenheiten mancherley, be=
kümmert sich um keine physische Gründe, und
nennt diese Sylphiden grade weg Teufel: so ge=
wiß sind unsre größten Gelehrten oft so unwissend
als ein alltägliches Weib! So viel Gefallen hat
Gott daran, sich auf seinem Wolkenthron zu ver=
bergen, und die Nebel zu verdicken, welche seine
furchtbare Majestät verhüllen, damit er wohne
in einem unzugänglichen Licht, und seine Wahr=
heit nur denen sehen lasse, die demüthigen Her=
zens sind. Lernen Sie demüthig seyn, wenn
Sie durch die heilige Finsternis dringen wollen,
welche die Wahrheit umgiebt. Lernen Sie von
den Weisen, den Teufeln keine Macht in der Na=
tur einzuräumen, seit der Stein des Verderbens
sie in der Tiefe des Abgrunds gefangen hält.
Lernen Sie von den Philosophen bey ausseror=
dentlichen Begebenheiten die natürliche Ursache
aufsuchen; und wenn diese fehlt, so nehmen Sie
Ihre Zuflucht zu Gott und seinen Engeln, nie=
mals zu Teufeln, die nichts können, als leiden,
sonst lästern Sie Gott, ohne es zu wollen, und
schreiben dem Teufel die Ehre der Wunderwerke
zu.

Wenn

Wenn man Ihnen zum Beyspiel sagt, der göttliche Apollonius von Thyana sey ohne Zuthun eines Mannes erzeugt, und einer der erhabensten Salamander sey herabgestiegen, um durch seine Mutter unsterblich zu werden; so antworten Sie, dieser Salamander war ein Teufel, und geben dem Teufel die Ehre, einen der gröſten Männer erzeugt zu haben, der je durch unſre philosophischen Ehen hervorgebracht ward. —

Aber dieser Apollonius gilt unter uns für einen groſſen Zauberer, und sonst sagt man nichts gutes von ihm. — Eine wundernswürdige Wirkung der Unwissenheit und üblen Erziehung. Weil unſre Ammen uns mit Hexenmährchen unterhalten, soll der Teufel alles bewirkt haben, was aufferordentlich ist. Man glaubt dem gröſſesten Gelehrten nicht, wenn er nicht spricht, wie unſre Ammen. Apollonius ist von keinem Mann erzeugt; er verſteht die Sprache der Vögel; man ſieht ihn an einem Tage in verſchiedenen Welttheilen; er verſchwindet vor dem Domitian, der ihn mißhandeln laſſen will; er erweckt eine Jungfrau vom Tode durch die Kraft der Onomanmantie; er sagt zu Ephesus in einer Versamlung des ganzen Asiens, in dieser nemlichen Stunde stirbt der Tyrann zu Rom. Diesen Mann will man beurtheilen; die Amme sagt, es ist ein Hexenmeister; der heilige Hieronymus, der heilige Justinus Martyr sagen, es ist ein grosser Philosoph; Hieronymus, Justinus und unsre Cabalisten sind Träumer, das Weibsbild hat Recht. Ha! der Unwissende mag in seiner Unwissenheit umkommen, aber o mein Sohn, retten Sie sich vom Schifbruch! —

Wenn Sie lesen, der berühmte Merlin sey ohne Zuthun eines Mannes von einer Nonne, der Tochter eines brittischen Königs, gebohren, und habe deutlicher, als Tiresias, die Zukunft vorhergesagt; so sagen sie nicht mit dem Pöbel, er sey der Sohn eines beywohnenden Teufels, denn es giebt keine; oder er weissage durch die Kunst der Teufel, denn nach der heiligen Cabala ist der Teufel das unwissendste aller Geschöpfe. Sprechen Sie wie ein Weiser: die englische Prinzessin tröstete sich in ihrer Einsamkeit mit einem Sylphen, der sich ihrer erbarmte, der Sorge trug, sie zu ergözzen, der ihr zu gefallen wuste, und Merlin, ihr Sohn, ward durch den Sylphen

in

in allen Wissenschaften erzogen, und lernte von
ihm alle Wunder verrichten, welche die englische
Geschichte erzählt.

Beleidigen Sie auch die Grafen von Cleve
nicht so sehr, den Teufel zu ihren Ahnherrn zu
machen, und denken Sie besser von dem Sylphen, der, wie die Geschichte erzählt, nach Cleve
kam auf einem wunderbaren Schiff, durch einen Schwahn gezogen, welchen eine silberne Kette
daran befestigte. Dieser Sylphe zeugte viele
Kinder mit der Erbin von Cleve, und fuhr endlich am hohen Mittag vor aller Welt Augen auf
seinem lustigen Schiffe davon. Was hat er
Ihren Gelehrten in den Weg gelegt, warum
wollen die ihn als Teufel aufstellen?

Oder ist Ihnen die Ehre des Hauses von
Lusignan, ein Spiel, und werden Sie Ihren
Grafen von Poitiers eine teuflische Abkunft geben? Was sagen Sie zu ihrer berühmten Mutter? — Ich glaube wahrhaftig, Sie erinnern
mich an das Mährchen der Melusine. — Ha!
wenn Sie Melusinens Geschichte läugnen, so
geb' ich Ihnen gewonnen: dann aber muß man
die Schriften des grossen Paracelsus verbrennen,

der

der an fünf bis sechs Orten behauptet, nichts sey gewisser, als daß diese Melusine eine Nymphe war; und alle Ihre Geschichtschreiber Lügen strafen, welche erzählen, daß sie nach ihrem Tode, oder besser zu reden, nachdem sie vor den Augen ihres Mannes verschwand, nie unterließ, so oft einen ihrer Nachkommen ein Unglük bedrohte, oder ein König von Frankreich eines ausserordentlichen Todes sterben sollte, in Trauer auf dem grossen Thurm des Schlosses Lusignan zu erscheinen, welches sie hatte bauen lassen. Sie werden Händel mit allen Abkömmlingen dieser Nymphe bekommen, und mit den Verwandten ihres Hauses, wenn Sie bey der Behauptung verharren, daß es ein Teufel war. —

Denken Sie, daß diese Herren lieber von Sylphen abstammen mögen? — Sicherlich, wenn sie wüsten was ich lehre, sie würden diese ausserordentliche Geburt in hohen Ehren halten. Hätten sie einiges Licht der Cabala, so würden sie erkennen, diese Art der Zeugung sey derjenigen mehr gemäs, wodurch Gott von Anfang die Welt vermehrt sehen wollte, folglich sind Kinder die daraus entspriessen, glüklicher, muthiger,

ger, weiser, berühmter und glükseliger. Ist
es diesen erlauchten Personen nicht ruhmwürdi-
ger, von so vollkommenen und weisen Geschöpfen
abzustammen, als von einem schmuzzigen Poltergeist oder schändlichen Asmodi? —

Auch hüten sich unsre Gottesgelehrten wol,
den Teufel zum Vater aller Menschen zu machen, welche gebohren werden, ohne daß man
weiß, wer sie auf die Welt sezt. Sie erkennen
den Teufel für einen Geist, also kann er nicht
zeugen. — Gregorius Nicänus behauptet das
Gegentheil, und glaubt, die Teufel befruchteten
sich untereinander wie die Menschen. — Aber
wir sind nicht seiner Meynung; es trift sich, sagen unsre Gelehrten — Reden Sie nicht aus,
oder Sie sagen ihnen etwas sehr einfältiges, sehr
schmuzziges, und sehr unsittliches nach. Einen
abscheulichen Ausweg hat man da gefunden!
Es ist erstaunlich, daß alle einstimmig auf diesen Unrath verfallen, und sich freuen, Kobolte
im Hinterhalt legen zu können, welche die thie-
rische Muße der Einsamkeit nüzzen, und dadurch
plözlich diese wunderbaren Männer auf die Welt
sezzen, deren erlauchtes Andenken man durch

einen

einen so niedrigen Ursprung besteckt. Heist das philosophiren? Ist es der Würde Gottes gemäß, wenn man behauptet, er habe so viel Gefälligkeit gegen die Teufel, diese Abscheulichkeiten zu begünstigen, ihnen die Gnade der Fruchtbarkeit zu gewähren, welche er grossen Heiligen versagt hat, und ihre Besteckung dadurch zu belohnen, daß er für diese Embryonen der Ungerechtigkeit heldenmässigere Seelen erschaft, als für alle, die in dem keuschen Bette einer rechtmässigen Ehe erzeugt sind? Ist es der Religion gemäß, mit diesen Gelehrten zu sagen, durch dieses abscheuliche Kunststük könne der Teufel eine Jungfrau im Schlafe schwängern, ohne ihrer Jungfrauschaft zu nahe zu treten? Das ist eben so ungereimt, als wenn Thomas Aquinas, ein sonst gründlicher Schriftsteller, und der etwas von der Cabala wuste, sich selbst vergißt, und in seinem sechsten Quodlibet erzählt, ein Mägdchen habe bey ihrem Vater geschlafen, darauf sey es ihr ergangen, wie es nach der Sage einiger kezzerischen Rabbinen der Tochter des Jeremias erging, die nach diesem grossen Propheten ins Bad trat, und dadurch den grossen

sen Cabalisten Bensyrah empfing. Wer dieses
unschikliche Mährchen erfand, war sicherlich ein —

Verzeihen Sie meine Unterbrechung, und
ereifern Sie sich nicht; ich gestehe, es wäre zu
wünschen, daß unsre Gelehrten eine Auflösung
erfunden hätten, welche Ihre keuschen Ohren
weniger beleidigte. Besser thäten sie, die Geschichte, von der die Frage ist, ganz zu läugnen. —

Ein schöner Rath! Kann man läugnen, was
dargethan ist? Sezzen Sie sich in die Stelle eines erhabenen Gottesgelehrten, und nehmen Sie
an, der seelige Danhuzerus wende sich an Sie,
als das Orakel seiner Religion — Ein Bedien-
ter trat herein, mir zu melden, daß ein junger
Fürst mich zu sprechen verlange. Ich mag mich
nicht sehen lassen, sagte der Graf. Ich bat ihn zu
bedenken, daß ich einen solchen Besuch nicht ab-
lehnen könne, und ersuchte ihn in mein Cabinet
zu treten. Es ist nicht nöthig, war seine Antwort, ich will mich unsichtbar machen. — Keine
Teufeley, wenn ich bitten darf, damit scherz' ich
nicht. — Der Graf lachte und zuckte die Ach-
seln. Sind Sie so unwissend, nicht zu fassen,

G                    daß

daß man, um unſichtbar zu ſeyn, nur das Ge=
gentheil des Lichts vor ſich nehmen darf? Er
ging in mein Cabinet, und der junge Fürſt trat
faſt zu gleicher Zeit in mein Zimmer: ich bitte
ihn um Verzeihung, daß ich ihm damals nichts
von meiner Begebenheit ſagte.

<hr>

### 5.

Der Fürſt ging, ich begleitete ihn, und fand
bey meiner Zurükkunft den Grafen von Gabalis
in meinem Zimmer. Es iſt ſehr Schade, ſagt'
er, daß der Mann, der Sie verließ, einſt einer
der 72 Fürſten des Sanhedrin des neuen Geſez=
zes ſeyn wird, ſonſt wäre er ſehr tauglich für die
heilige Cabala; ſein Geiſt iſt tief, klar, weitum=
faſſend, erhaben und kühn; das iſt die geoman=
tiſche Figur, die ich während ihres Geſprächs
über ihn entwarf. Nie hab' ich ſo glükliche
Punkte geſehn, die von einer ſo ſchönen Seele
zeugen. Wie grosmüthig macht ihn dieſe Ma=
ter! Dieſe Filia wird ihn zum Cardinal erheben.
Ich zürne mit ihr und dem Glük, daß ſie der Phi=
loſophie einen Zögling entreiſſen, der Sie viel=
leicht übertreffen würde. Aber wovon ſprachen
wir,

wir, als er kam? — Sie nannten einen Seli=
gen, deſſen Seligſprechung mir unbekant iſt, ei=
nen gewiſſen Danhuzerus — Recht! Ich hieß
Sie, ſich in die Stelle eines Gelehrten ſezzen, den
der glükliche Danhuzerus zu ſeinem Gewiſſens=
rath macht, dem er ſagt: ich komme jenſeits der
Gebirge, um des Rufs ihrer Wiſſenſchaft wil=
len, ich hab' einen kleinen Zweifel der mich quält.
In einem Gebirge Welſchlands hält eine Nym=
phe ihren Hof; tauſend Nymphen dienen ihr,
die beynahe ſo ſchön ſind als ſie; von allen En=
den der Welt finden ſich ſchöne, gelehrte, recht=
ſchaffene Männer ein, welche dieſe Nymphen
lieben und wider geliebt werden; ſie empfinden
alle Süſſigkeiten des Lebens; ihre Liebe gewährt
ihnen die ſchönſten Kinder; ſie beten den leben=
digen Gott an; ſie ſchaden niemand; ſie hoffen
auf die Unſterblichkeit. Eines Tages ging ich in
dieſem Gebirge ſpazieren; ich gefiel der könig=
lichen Nymphe, ſie macht ſich ſichtbar, ſie zeigt
mir ihren reizenden Hof. Die Weiſen werden
ihrer Liebe gewahr, und achten mich beynahe
gleich ihrem Fürſten; ſie ermahnen mich, der
Schönheit und den Seufzern der Nymphe nach=

zuge=

zugeben; sie erzählt mir ihre Leiden, sie vergißt
nichts mein Herz zu rühren, und stellt mir end=
lich vor, daß sie sterben muß, wenn ich sie nicht
lieben will, und daß sie mir ihre Unsterblichkeit
verdanken wird, wenn ich sie liebe. Die Ver=
nunftgründe der Gelehrten überzeugen meinen
Geist, und die Reize der Nymphe gewinnen mein
Herz; ich liebe sie, ich habe Kinder mit ihr von
grosser Hofnung: aber mitten in meinem Glük
stört mich zuweilen der Gedanke, daß vielleicht
die römische Kirche alles das mißbilligt. Ich
komme Sie zu fragen, wer diese Nymphe, die=
se Weisen, diese Kinder sind, und wie ich mein
Gewissen beruhigen soll? Nun mein Herr Ge=
lehrter, was antworten Sie dem Danhuze=
rus? —

Herr Danhuzerus ich habe viel Achtung für
Sie, aber Sie sind ein Schwärmer, oder was
Sie sahen ist ein Zauberwerk; Ihre Kinder und
Ihre Geliebte sind Poltergeister; Ihre Weisen
sind Thoren, und Ihr Gewissen hat hin und wi=
der ein Loch. —

Der Graf seufzte tief. Diese Antwort kann
Ihnen den Doctorhut erwerben, aber keine Auf=
nahme

nahme unter uns! In dieser grausamen Stimmung sind alle junge Gelehrten dieser Zeit. Ein
armer Sylphe darf sich kaum zeigen, so heist er
ein Poltergeist; eine Nymphe darf nur an ihrer
Unsterblichkeit arbeiten, so heist sie ein unreines
Gespenst; ein Salamander darf vollends nicht
erscheinen, denn das ist der Teufel gar, und die
reinen Flammen, woraus er besteht, gelten für
höllisches Feuer das ihn überall verfolgt. Sie
mögen diesen beleidigenden Argwohn noch so sehr
zu entfernen suchen, bey ihrer Erscheinung das
Zeichen des Kreuzes machen, vor dem Namen
Gottes ihre Knie beugen, und ihn mit Ehrfurcht
nennen: alle diese Vorsicht ist eitel. Dennoch
wird man sie für Feinde eines Gottes aus-
schreyen, den sie heiliger anbeten, als irgend einer der sie flieht. —

Ist das Ihr Ernst? Halten Sie wirklich die
Sylphen für gottesfürchtig? — Für sehr gottesfürchtig und eifrig. Ihre vortreflichen Reden über das Wesen Gottes und ihre wunderns-
würdigen Gebete erbauen uns höchlich. — Ihre
Gebete? Deren eines mögt' ich wol kennen. —
Das ist nicht schwehr, und um Ihnen allen Arg-

wohn

wohn zu benehmen, als ob ich es etwa erdacht
hätte: so hören Sie das, welches der Salaman=
der, der im delphischen Tempel weiſſagte, die
Heiden lehrte. Porphyrius hat es auf uns ge=
bracht. Es enthält eine erhabne Gotteslehre, und
wird Sie überzeugen, daß diese weiſen Geſchö=
pfe auſſer Schuld waren, wenn die Welt nicht
den wahren Gott anbetete.

### Gebet der Salamander.

Unſterblicher, ewiger, unausſprechlicher
und heiliger Vater aller Dinge! Dich tragen
auf deinem ewig rollenden Wagen Welten,
die ewig ſich drehen. Du herrſcheſt in den
ätheriſchen Gefilden, wo ſich der Thron dei=
ner Allmacht erhebt, dein ſchrekliches Auge
erblikt alles, und deinem heiligen Ohr bleibt
nichts verborgen. Erhöre deine Kinder, die
du ſeit dem Anbeginn der Jahre liebſt; denn
deine goldene, groſſe und ewige Majeſtät glän=
zet über die Welt und den Sternenhimmel,
hoch ſteht über ſie dein ſtralendes Feuer. Du
entzündeſt und erhältſt dich ſelbſt durch deinen
eige=

eigenen Glanz; und aus deinem Wesen strö=
men unversiegende Quellen des Lichts, wel=
ches deinen unermeßlichen Geist nährt. Die=
ser Geist bringt alles hervor, und ist der un=
erschöpfliche Schaz aller Dinge, die durch ihn
erzeugt werden, denn du hast ihn von Anbe=
ginn mit zahllosen Gestalten erfüllt. Von
ihm stammen die heiligen Könige um deinen
Thron und dich, o Vater des Weltalls! Ein=
ziger Vater der seeligen Sterblichen und
Unsterblichen! Du hast Mächte erschaffen,
die der Ewigkeit deiner Gedanken und dei=
nem anbetungswürdigen Wesen gleich sind.
Du hast sie über die Engel erhoben, die der
Welt deine Befehle verkündigen. Zum drit=
ten hast du uns erschaffen, die wir die Ele=
mente beherrschen. Unser ewiges Streben
ist dich zu loben und deinen Willen anzube=
ten. Wir brennen vor Begierde nach dir.
O Vater! O Mutter! O Muster einer ge=
fühlvollen zärtlichen Mutter! O auserwählte=

ster

ster Sohn aller Söhne! Gestalt aller Ge=
stalten! Leben, Geist, Einklang, und Zahl
aller Dinge!

Was sagen Sie zu diesem Gebet? Ist es
nicht sehr gelehrt, erhaben, und andächtig? —
Und obendrein sehr dunkel. Ich habe es einen
Prediger erklären hören, der daraus die Heuche=
ley des Teufels bewies. — Welche Zuflucht bleibt
euch also, arme Völker der Elemente? Ihr er=
zählt Wunder von der Natur Gottes des Vaters,
des Sohns und des heiligen Geistes; ihr macht
vortrefliche Gebete und lehrt sie die Menschen;
aber ihr seyd nichts als heuchelnde Poltergeister.
— Es wäre mir lieber, wenn Sie die Herren
nicht anredeten. — Besorgen Sie nichts, sie
werden sich nicht zeigen; aber schreiben Sie es
dann auch Ihrer Schwachheit zu, wenn Sie
nicht so viel Beyspiele ihrer Verbindung mit
Menschen sehen als sie wünschen. Ihre Ge=
lehrten haben die Einbildungskraft der Weiber
verwirrt, sie entsezzen sich für den Umgang mit
einem Sylphen, und zittern für seinen Anblik.
Wer ein ehrlicher Mann seyn will, flieht vor ih=
nen.

nen. Wir finden selten einen Beweis vom Ge=
gentheil. Nur der Zügellose, der Geizige, der
Ruhmsüchtige, der Betrüger, trachtet nach die=
ser Ehre, welche doch Gottlob! kein sol=
cher erlangen wird, denn die Furcht des Herrn
ist der Weisheit Anfang. —

Was wird denn aus diesen fliegenden Völ=
kerschaften, da itzt alle Rechtschaffenen so einge=
nommen wider sie sind? — Der Arm des Herrn
ist noch nicht verkürzet, und der Teufel zieht
nicht allen erwarteten Vortheil aus der Unwis=
senheit und dem Irrthum, den er gegen sie ver=
breitet hat; es giebt viel Philosophen die ihrent=
wegen ganz den Weibern entsagen, und ausser=
dem hat Gott diesen Völkern erlaubt, sich jedes
unschuldigen Kunstgriffes zu bedienen, um mit
den Menschen umzugehen ohne erkant zu werden.
— Was sagen Sie mir! rief ich. — Die Wahr=
heit. Glauben Sie, ein Hund könne mit einer
Frau Kinder zeugen? — Nein! — Oder ein
Affe? — Eben so wenig. — Oder ein Bär? —
Es ist allen dreyen gleich unmöglich, gleich un=
natürlich, ungegründet, und unvernünftig. —
Sehr wohl; und doch stammen der Gothen Kö=

G 5                         nige

nige von einem Bären und einer schwedischen
Fürstin. — Das sagt die Geschichte. — Und
die Pegusier und Syonier in Indien von einem
Hunde und einem Weibe. — Auch das hab' ich
gelesen. — Und eine Portugisin, die man auf ei=
ner wüsten Insel aussezte, ward von einem gros=
sen Affen geschwängert. — Unsre Gottesgelehrten
antworten, der Teufel nehme die Gestalt eines
Thieres an. — Wider ein schmuzziger Einfall Jh=
rer Schriftsteller! Begreifen Sie doch endlich,
daß die Sylphen einsehen, man halte sie für Teu=
fel wenn sie in menschlicher Gestalt erscheinen,
um also die Abneigung etwas zu mässigen, er=
greifen sie die Gestalt dieser Thiere, und richten
sich dadurch nach der wunderlichen Schwachheit
der Weiber, die vor einen schönen Sylphen er=
schrecken, aber nicht vor einen Hund oder Af=
fen. Ich könte Jhnen viele Geschichtchen von
Bologneserhunden mit Damen aus der Welt er=
zählen, aber ich will Jhnen ein grösseres Geheim=
niß vertrauen. Mancher hält sich für den Sohn
eines Menschen, und ist der Sohn eines Syl=
phen. Mancher glaubt mit seiner Frau zu thun
zu haben, und macht, ohne daß er es weiß, eine

Nym=

Nymphe unsterblich. Manche Frau glaubt ih=
ren Mann zu umfassen, und hält einen Sala=
mander in ihren Armen; und manches Mägdchen
schwört beym Erwachen auf ihre Jungferschaft,
der im Traum eine unvermuthete Ehre wider=
fahren ist. So betrügt man den Teufel und die
Dumköpfe zugleich. —

Und der Teufel sollte die schlafenden Jung=
frauen nicht erwecken können, um des Sala=
manders Unsterblichkeit zu hemmen? — Nein,
denn unsre Weisen haben dafür gesorgt. Wir
lehren alle diese Völker das Mittel, den Teufel zu
binden und seiner Macht zu widerstehen. Sagte
ich Ihnen nicht jüngst, die Sylphen und die an=
dern Herren der Elemente wären glüklich, daß
wir ihnen die Cabala zeigten. Ohne uns würde
ihr grosser Feind, der Teufel, sie sehr beunruhigen,
und es würde Künste kosten, sich ohne Mitwis=
sen der Mägdchen zu verewigen. — Ich kann
mich über die tiefe Unwissenheit, in der wir le=
ben, nicht genug wundern. Wir glauben, die
Mächte der Luft hülfen zuweilen den Liebenden
zu ihrem Zweck, aber die Sache ist grade umge=
kehrt, die Mächte der Luft bedürfen des mensch=
lichen

lichen Beyſtandes in ihrer Liebe. — Das iſt die
Wahrheit; der Weiſe ſteht dieſen armen Leuten
bey, die ohne ihn zu unglüklich und zu ohnmäch-
tig ſind, dem Teufel zu widerſtehen: aber ſobald
ein Sylphe von uns gelernt hat, den mächtigen
Namen Nehmahmihah cabaliſtiſch auszu-
ſprechen, und den köſtlichen Namen Eliael
regelmäſſig mit ihm zu verbinden, ſo ergreifen
alle Mächte der Finſternis die Flucht, und der
Sylphe genießt ſeiner Liebe in Frieden.

So ward der kluge Sylphe unſterblich, der
die Geſtalt des Liebhabers eines ſevilliſchen
Frauenzimmers annahm. Die Geſchichte iſt bekant. Die junge Spanierin war ſchön, aber
eben ſo grauſam als ſchön. Ein caſtilianiſcher
Cavalier, der ohne Erhörung für ſie ſchmachtete,
ergrif den Entſchluß, ohne Abſchied wegzureiſen,
und nicht eher zurückzukehren, bis ſeine vorgebliche Leidenſchaft geheilt ſey. Ein Sylphe fand
die Schöne nach ſeinem Geſchmack, nuzte die
Zeit, bewafnete ſich mit unſern Lehren, um den
Neid des Teufels zu entkräften, ging unter der
Geſtalt des entfernten Liebhabers zu dem Mägdchen, klagte, ſeufzte und ward abgewieſen. Er
drang

drang in sie, er bat, er ließ nicht ab. Nach eini=
gen Monaten machte er Eindruk, bewirkte Liebe,
überredete, und ward glüklich. Aus ihrer Liebe
entsproß ein Sohn, dessen geheime Geburt
durch die Geschiklichkeit des ätherischen Liebha=
bers den Eltern unbekant blieb. Die Liebe
dauerte fort, und eine zweyte Schwangerschaft
machte ihn glüklich. Unterdessen hatte die Ab=
wesenheit den Cavalier geheilt; er kam nach Se=
vilien zurük voller Ungeduld die Unmenschliche zu
sehen, und eilte ihr zu sagen, endlich sey er im
Stande ihr nicht zu misfallen, denn er könne ihr
melden, daß seine Liebe verschwunden sey.

Stellen Sie sich des Mägdchens Erstaunen
vor, ihre Antwort, ihre Thränen, ihre Vorwür=
fe, und die ganze überraschende Unterredung.
Sie behauptet ihn glüklich gemacht zu haben, er
wuste nichts davon; sie nennt ihm den Aufent=
halt ihres Kindes, nennt ihn Vater eines an=
dern, das sie unter dem Herzen trägt; er läugnet
beydes. Sie rauft sich trostlos die Haare aus,
die Eltern laufen herbey, sie fährt fort ihn mit
Klagen und Vorwürfen zu überhäufen; man be=
weist, daß der Edelmann zwey Jahre lang ab=
wesend

wesend war; man sucht das erste Kind und fin=
det es, das zweyte wird zu seiner Zeit gebo=
ren. —

Und welche Rolle spielte der ätherische Lieb=
haber bey alledem? — Ich sehe Sie verdenken
es ihm, daß er seine Geliebte der Strenge ihrer
Eltern, oder der Wuth ihrer Inquisitoren über=
ließ; aber er hatte Ursache sich über sie zu bekla=
gen, sie war ihm nicht fromm genug. Denn
wenn die Herren unsterblich gemacht sind, so ist
es ihnen ein Ernst, und sie leben sehr heilig, um
nicht das Recht am Besitz des höchsten Guths zu
verlieren, welches sie erlangt haben. Daher
wollen sie, daß die Person, mit der sie sich ver=
binden, exemplarisch unschuldig lebe; wie aus
der bekanten Geschichte eines jungen bayerschen
Edelmanns erhellet.

Er war untröstlich über den Verlust seiner
Frau, die er heftig liebte. Einer von unsern
Weisen rieth einer Sylphide, die Gestalt dieser
Frau anzunehmen. Sie folgte ihm, zeigte sich
dem jungen traurigen Mann, und sagte ihm,
Gott habe sie zum Trost seiner tiefen Betrübnis
erweckt.

erwekt. Sie lebten verschiedene Jahre mit einander, und hatten sehr schöne Kinder.

Aber der junge Mann war nicht tugendhaft genug, um die weise Sylphide zu behalten. Er fluchte und führte schändliche Reden. Sie warnte ihn oft; da aber alle Vorstellungen umsonst waren, so verschwand sie, und ließ ihm nichts als ihren Unterrock, und die Reue, daß er ihren heiligen Rathschlägen nicht gefolgt war. Also sehen Sie, mein Sohn! daß die Sylphen manchmal Ursach haben zu verschwinden; und daß der Teufel so wenig, als die fantastischen Grillen Ihrer Gottesgelehrten, die Völker der Elemente abhalten kann, mit Erfolg an Unsterblichkeit zu arbeiten, wenn ein Weiser sie unterstüzt. —

Denken Sie denn im Ernst, der Teufel sey ein so grosser Feind dieser Jungfernschänder? — Der tödliche Feind der Nymphen, Sylphen und Salamander. Die Gnomen haßt er nicht so sehr, denn, wie ich schon gesagt zu haben glaube, die sind durch das Gebrülle der Teufel, das sie im Innersten der Erde hören, so geschrekt, daß sie lieber sterblich bleiben mögen, als Gefahr lau-

seu,

fen, so gequält zu werden, wenn sie die Unsterb=
lichkeit erhielten. Daher haben diese Gnomen
einigen Umgang mit ihren Nachbarn den Teu=
feln. Diese bereden die Gnomen, die von Na=
tur dem Menschen sehr hold sind, daß man ihm
einen grossen Dienst erweise, und von einer
grossen Gefahr befreye, wenn man ihn der Un=
sterblichkeit entsagen heisse. Daher verbinden
sie sich jedem, der sich zu dieser Entsagung bere=
den läßt, so viel Geld zu schaffen, als er for=
dert, eine gewisse Zeitlang alle Gefahren des Le=
bens von ihm abzuwenden, kurz, jede Bedingung
dessen zu erfüllen, der dieses traurige Bündnis
schließt. So macht der boshafte Teufel durch
des Gnomen Vermittelung des Menschen Seele
sterblich, und beraubt ihn des ewigen Lebens.—
Wie mein Herr, Sie glauben, man schlösse
die Verträge, deren die Teufeleyenschreiber so
oft erwähnen, nicht mit dem Teufel?— Gewiß
nicht. Ist der Fürst dieser Welt nicht verbannt,
nicht eingeschlossen, nicht gebunden? Ist er nicht
der verdammte und unnüzze Bodensaz, der auf
dem Grunde der Arbeit des grossen Werkmei=
sters zurükblieb? Kann er in die Gegenden des
Lichts

Lichts sich versteigen, und dort die Masse seiner
Dunkelheit ausbreiten? Er vermag nichts gegen den Menschen. Nur seinen Nachbarn den
Gnomen kann er eingeben, denjenigen Menschen diesen Vorschlag zu thun, deren Seligkeit
er am meisten befürchtet, damit ihre Seele mit
dem Leibe sterbe. —

Sie glauben also, die Seelen sterben? —
Das glaub' ich. — Und wer solch' einen Ver-
trag eingeht, werde nicht verdammt? — Wie
kann er? Seine Seele stirbt mit dem Körper. —
So kommt er also gut weg, und wird für das
schwehre Verbrechen, seiner Taufe und dem Tode
des Herrn entsagt zu haben, leicht bestraft. —
Nennen Sie seinen Fall in den schwarzen Ab-
grund der Vernichtung eine leichte Strafe? Es
ist eine viel grössere als die Verdammnis; die
Gerechtigkeit, welche Gott gegen die Sünder
der Hölle ausübt, ist noch ein Ueberrest des Mit-
leids, es ist eine grosse Gnade, daß sie das bren-
nende Feuer nicht verzehrt. Vernichtung ist ein
grösseres Uebel als Hölle; das predigen die Weisen den Gnomen wenn sie sie versammeln, um
sie zu überzeugen, wie Unrecht sie haben, den Tod

H                                                    der

der Unsterblichkeit vorzuziehen, und die Vernich=
tung der Hofnung auf eine selige Ewigkeit, zu
deren Besiz sie ein Recht hätten, wenn sie sich
mit den Menschen verbänden, ohne diese sträf=
liche Entsagung von ihnen zu fordern. Einige
glauben uns, und die verheyrathen wir mit un=
sern Töchtern. — Sie predigen also das Evan=
gelium den Völkern der Unterwelt? — Warum
nicht? Wir sind so gut Lehrer für sie als für die
Völker des Feuers, der Luft und des Wassers;
das philosophische Erbarmen erstrekt sich ohne
Unterschied über alle Kinder Gottes. Da sie
scharfsinniger und aufgeklärter sind, als die ge=
wöhnlichen Menschen, so sind sie viel fähiger
und gelehriger, und hören die göttlichen Wahr=
heiten mit entzückender Andacht. —

Ich lachte. Das muß wohl entzücken, einen
Cabalisten auf der Kanzel zu sehen, und die Her=
ren um ihn her! — Sie können dies Vergnü=
gen haben, wenn Sie wollen; beliebt es Ihnen,
so versammle ich sie diesen Abend, und predige
ihnen um Mitternacht? — Um Mitternacht,
das ist ja die Hexenstunde. — Der Graf lachte.
Sie erinnern mich an alle Thorheiten, welche
die

die Teufeleyenschreiber von ihrer vorgeblichen
Hexenstunde erzählen. Der Seltenheit wegen
wär' es mir lieb, wenn auch Sie daran glaub=
ten. — Ich gebe Ihnen mein Wort, ich glaube
nicht eine Hexengeschichte. —

Sie thun wohl; denn noch einmal, der Teu=
fel hat die Macht nicht, so mit dem menschlichen
Geschlecht zu spielen, noch Verträge mit dem
Menschen einzugehen, noch weniger sich anbeten
zu lassen, wie die Inquisitoren glauben. Was
zu dieser Sage Gelegenheit gab, war, wie ich
Ihnen gesagt habe, daß die Weisen die Einwoh=
ner der Elemente versammelten, um ihnen ihre
Mysterien und ihre Moral zu predigen; gewöhn=
lich trift es sich dann, daß ein Gnome von sei=
nem groben Irrthum zurückkomt, den Schauder
der Vernichtung erkennt, und in die Unsterblich=
keit williget: man giebt ihm ein Weib, man ver=
mählt ihn, und die Hochzeit wird mit aller Freu=
de gefeyert, deren solch eine Eroberung wehrt ist.
Das sind die Tänze und das Juchheyen, welches
man, wie Aristoteles erzählt, auf einigen In=
seln vernahm, ohne jemand zu sehen. Der große
Orpheus war der erste, der diese unterirdischen

Völ=

Völker zusammenrief. Bey seiner ersten Predigt
ward Sabatius, der älteste der Gnomen, unsterblich, und von diesem Sabatius hat die Versammlung den Namen Sabat erhalten; denn an ihn
wandten sich die Weisen so lange er lebte, wie
aus den Hymnen des göttlichen Orpheus erhellet  Die Unwissenden haben alles untereinander geworfen, tausend alberne Mährchen bey
der Gelegenheit erzählt, und eine Versammlung
verschrien, die wir nur zur Ehre des höchsten
Wesens aufbieten. — Nie hätt' ich diese Hexenstunde für eine andächtige Versammlung gehalten. — Und doch ist sie, was der Welt schwehr
eingeht, sehr heilig und sehr cabalistisch. Aber
die Blindheit dieses ungerechten Zeitalters ist zu
bedauren; man sezt sich eine Sage in den Kopf,
und will sich nicht besser bescheiden lassen. Der
Weise mag sagen was er will, dem Narren wird
geglaubt. Mag der Philosoph die Falschheit
der geschmiedeten Hirngespinste vor Augen stellen, und deutliche Beweise vom Gegentheil geben; mag er noch so viel Erfahrung und gründliche Vernunftschlüsse anbringen: kommt ein
Schwarzrok der ihn Lügen straft, so haben Er-

fah-

fahrung und Beweis keine Kraft mehr, und die
Wahrheit ist nicht im Stande ihr Reich zu behaupten. Man glaubt diesem Schwarzrok mehr
als seinen Augen. In Ihrem Frankreich ist ein
denkwürdiges Beyspiel dieses allgemeinen Ei-
gensinns.

Unter der Regierung Pipins fiel es dem Cabalisten Zedekias ein, die Welt zu überführen,
die Elemente wären von den Völkern bewohnt,
deren Natur ich Ihnen beschrieben habe. Das
Mittel, dessen er sich bediente, war, den Sylphen
zu rathen, sie mögten sich allem Volk in der
Luft zeigen. Sie thaten es mit Pracht; man sahe
diese Geschöpfe in menschlicher Gestalt in der
Luft, bald in Schlachtordnung, fortrückend,
oder unter den Waffen stehend, oder ruhend unter prächtigen Zelten, bald in Luftschiffen von
wundernswürdiger Bauart, deren Segel von
freundlichen Westen schwollen. Was geschah?
Meynen Sie, das unwissende Jahrhundert hätte
sich träumen lassen, über die Beschaffenheit dieses erstaunlichen Schauspiels nachzudenken? So-
gleich hielt sie der Pöbel für Zauberer, die sich
der Luft bemeistert hätten, um Stürme darin zu

H 3

erre-

erregen, und Hagel auf die Saaten zu schicken.
Die Gottesgelehrten und Rechtskundigen waren
bald der Meynung des Pöbels. Die Kayser glaubten es auch, und so weit ging dieser lächerliche
Wahn, der kluge Carl der grosse, und nach ihm
Ludwig der Fromme, legten diesen vorgeblichen
Tyrannen der Luft schwehre Strafen auf. Sie
finden das im ersten Abschnitt der Capitularien
dieser beyden Kayser.

Die Sylphen sahen den Pöbel, die Pedanten,
und selbst die gekrönten Häupter wider sich in
Harnisch. Um ihnen die üble Meynung, welche
sie von ihrer unschuldigen Ausrüstung hegten, zu
benehmen, entschlossen sie sich, allenthalben Leute
zu entführen, sie ihre schönen Weiber, ihren
Staat, ihre Regierungsform sehen zu lassen, und
dann sie an verschiedenen Orten der Welt nie-
derzusezzen. Sie führten diesen Vorsaz aus.
Das Volk, das diese Leute herabsinken sah, lief
allenthalben herzu, hielt sie für Zauberer, die
sich von ihren Gefährten trennten, um Gift auf
die Blüten und Quellen zu streuen, und führte
diese Unschuldigen wüthend zum Tode. Es ist
unglaublich, wie viele in diesem Reich durch
Feuer

Feuer und Waſſer umkamen. Unter andern ſahe
man einſt zu Lyon drey Männer und eine Frau
aus dieſen Luftſchiffen ſteigen; die ganze Stadt
verſammelte ſich um ſie, und rief: es ſind Zau=
berer, Grimoald Herzog von Benevent, Carls
Feind, ſchift ſie, um der Franken Saat zu ver=
wüſten! Die vier Schuldloſen rechtfertigten
ſich, ſie wären aus dem Lande ſelbſt, wären vor
kurzen von ſeltſamen Leuten entführt, die ihnen
unerhörte Wunder gezeigt, und ſie gebeten hät=
ten, Nachricht davon zu ertheilen.

Das halsſtarrige Volk hört ihre Vertheidi=
gung nicht an, und iſt im Begrif ſie ins Feuer
zu ſtürzen, als der redliche Agobard, Biſchof von
Lyon, der als Mönch in dieſer Stadt viel An=
ſehen erlangt hatte, bey dem Lärmen herzueilt, die
Anklage des Volks und die Vertheidigung der
Beklagten vernimt, und ernſthaft entſcheidet,
daß beyde falſch ſind. Es iſt nicht wahr, daß
dieſe Leute aus der Luft geſtiegen ſind, was
ſie darin geſehen haben wollen, iſt unmög=
lich.

Das Volk glaubt den Reden ſeines guten
Vaters Agobard mehr als ſeinen Augen, beru=

H 4 higt

higt ſich, ſezt die vier Abgeſandten der Sylphen
in Freiheit, lieſt mit Vergnügen das Buch,
worin Agobard ſeinen Ausſpruch beſtätigt, und
der vier Zeugen Zeugnis iſt vergeblich.

Da ſie aber dem Tode entgingen, ſo ſtand
ihnen frey, was ſie ſahen, zu erzählen, und das
war nicht fruchtlos. Sie erinnern ſich, Carls
des groſſen Zeit war reich an Helden; das be-
weiſt, daß die Frau, welche bey den Sylphen
war, Glauben bey den Damen der Zeit fand,
und durch Gottes Gnade viel Sylphen unſterblich wurden. So wurden's auch viele Sylphiden, nach dem Bericht der Männer, von ihrer Schönheit; daher muſten die Leute der Zeit
ſich etwas auf die Philoſophie legen; und daher ſind alle Feen-Mährchen entſtanden, welche
Sie in den verliebten Legenden der Zeiten Carls
des groſſen und der folgenden finden. Alle dieſe vorgeblichen Feen waren Sylphiden und Nymphen. Haben Sie dieſe Helden- und Feen-Mährchen geleſen? — Nein! —

Das thut mir leid, denn die hätten Ihnen
einen kleinen Begrif von dem Zuſtand gegeben,

in

in den die Weisen dereinst die Welt versezzen
wollen. Diese Helden, diese liebenden Nymphen, diese Reisen in das irdische Paradies,
diese bezauberten Schlösser und Wälder, und
alle reizende Abentheuer, die einem darin auf-
stossen, sind nur ein kleiner Vorschmak von dem
Leben, das die Weisen führen, und von dem
was die Welt seyn wird, wenn die Weißheit
sie regiert. Man wird nichts als Helden sehen.
Der geringste unsrer Knaben wird dem Zoroaster, Apollonius, oder Melchisedek gleich kommen; und die meisten werden so vollkommen
seyn, als die Kinder Adams von der Eva seyn
sollten, wenn er nicht mit ihr gesündiget
hätte. —

Sagten Sie mir nicht, Gott habe nicht ge-
wollt, daß Adam und Eva Kinder haben sollten? Adam sollte nur die Sylphiden erkennen,
und Eva an niemand, als an einen Sylphen
oder Salamander denken? — Es ist wahr,
sie sollten nicht auf dem Wege Kinder machen,
den sie einschlugen. — Ihre Cabale weiß also
für Mann und Frau eine andre Art Kinder zu

ma-

machen, als die gewöhnliche? — Allerdings! —
Ich bitte Sie, lehren Sie mich die. — Er
lächelte. Heute nicht. Ich will die Völker
der Elemente an Ihnen rächen, daß Sie so
kümmerlich von ihrer vorgeblichen Teufeley zu-
rükgekommen sind. Ich zweifle nicht, Ihr panisches Schrecken sey izt von Ihnen gewichen.
Also verlaß ich Sie, um Ihnen Zeit zu geben,
vor Gott nachzusinnen und rathzupflegen, welchem elementarischen Wesen Sie zu Seiner und
Ihrer Ehre am besten die Unsterblichkeit mit-
theilen können.

Unterdessen will ich mich ein wenig für die
Rede sammeln, die ich heute Nacht den Gnomen
halten will. — Werden Sie ihnen ein Capittel
aus dem Averroes erklären? — Es könnte
sich zutragen, denn ich will von der Vortref-
lichkeit des Menschen mit ihnen reden, um sie
zu einer Verbindung mit ihm zu bewegen.
Und Averroes hatte nach dem Aristoteles zwey
Lehren, die ich für gut halte zu erklären; eine
über das Wesen des Verstandes, und die andre
über das höchste Gut. Er sagt, es gebe nur
einen

einen erschaffenen Verstand, welcher das Bild
des unerschaffenen sey, und hinreichend für
alle Menschen; das verdient Erklärung. Und
das höchste Gut, sagt Averroes, bestehe im
Umgang mit den Engeln. Das ist nicht Cabalistisch; denn sobald der Mensch lebt, hat er
das Vermögen und die Bestimmung Gott zu
geniessen, wie Sie einst hören und erfahren werden, wenn Sie wie unser einer sind.

Das ist das Ende der Unterhaltung mit
dem Grafen von Gabalis. Am andern Morgen kam er, und brachte mir die Rede, welche
er den unterirdischen Völkern hielt. Sie ist wundersam. Ich würde sie herausgeben nebst der
Folge der Gespräche dieses grossen Mannes mit
einer Vicomtesse und mir, wenn ich von der
graden Gesinnung aller meiner Leser überzeugt
wäre, und ob sie es nicht übel nähmen, daß
ich mich auf Kosten eines Thoren unterhalte.
Seh' ich, daß man mein Buch das Gute
thun lassen will, welches es zu stiften im
Stande ist, und daß man nicht den ungerechten Verdacht auf mich wirft, als wollte ich,

unter

unter dem Vorwand sie lächerlich zu machen, den verborgenen Wissenschaften Bahn brechen; so werde ich fortfahren, mich mit dem Herrn Grafen zu belustigen, und vielleicht bald einen zweyten Theil folgen lassen.